陀思妥耶夫斯基与荒漠

TUOSITUOYEFUSIJI YU HUANGMO

卢一萍 著

图书在版编目（CIP）数据

陀思妥耶夫斯基与荒漠/卢一萍著. --合肥：安徽文艺出版社，2022.1
（卢一萍作品）
ISBN 978-7-5396-7182-6

Ⅰ. ①陀… Ⅱ. ①卢… Ⅲ. ①中篇小说－小说集－中国－当代 Ⅳ. ①I247.5

中国版本图书馆 CIP 数据核字(2021)第 054431 号

出 版 人：姚 巍
责任编辑：张星航　　　　　　装帧设计：唐一惟　褚 琦

出版发行：时代出版传媒股份有限公司　www.press-mart.com
　　　　　安徽文艺出版社　www.awpub.com
地　　址：合肥市翡翠路 1118 号　邮政编码：230071
营 销 部：(0551)63533889
印　　制：合肥创新印务有限公司　(0551)64456946

开本：880×1230　1/32　印张：7.25　字数：150 千字
版次：2022 年 1 月第 1 版
印次：2022 年 1 月第 1 次印刷
定价：35.00 元

（如发现印装质量问题，影响阅读，请与出版社联系调换）
版权所有，侵权必究

目录

— 序　董夏青青　　001

— 白色群山　　001
— 寻找回家的路　　048
— 陀思妥耶夫斯基与荒漠　　091
— 七年前那场赛马　　165

— **跋:每个作家其实都是在写自己**　　211

序

董夏青青

与很多时髦的作者不同,卢一萍不是一个因为生活过分平静,而像找寻稀有矿藏似的在艺术中寻求不幸的闲人。那种人对故事情节有一种愚蠢的敏感,但对生活中的事件完全麻木。相比书写现实的苦楚,更愿意在消遣的氛围里,为多愁善感的人们表演神经衰弱。而那真切的痛苦,如雅斯贝尔斯所说的"无望、无意义、伤心、赤贫和哀怜无助的不幸"大声呼救着求助,但是所有这些平凡普通的痛苦现实,都被因超拔提升而障眼蔽目的心灵当作不屑一顾的东西推到一边去了。

卢一萍常跟我说起他那家中的兄妹、磨难重重的童年,说起他学习的经历,说起四川大巴山深处的棚屋和草木。他小时候种地、玩耍时沾上脚的泥巴、熏腊肉时染在衣服上的烟火气,他从不刻意掸去。不管他日后去到新疆最西的群山,还是回到四川盆地,不管写一名被打伤耳朵的营长,还是在战争中失去男性尊严的连长,那股土腥味儿都在。这种味道,既可以说成是对一种写作口吻的偏好,也可以说成是他对其理解的生活本质所做的象征性传达。——这里说到的生活本质,是一整套话语方式和言说口吻,它像一团雾气,当它笼罩一个场所、一段景象,身处其中的人们很难发觉。唯有退后,隔开距离,那雾气对人物面部、声音、姿态、思想、灵魂所做的曝光、修改,才得以清晰。

爱伦堡在《人·岁月·生活》中的一段描述,集中、迅速地体现了这种口吻的绝妙:"在任何一出悲剧中,都有一些闹剧的场面。在我的岳父科津采夫医生的家中,有一次闯进一个穿着军官制服的身材高大的小伙子,他高声喊道:'耶稣给钉上了十字架,俄罗斯给出卖了!……'后来他瞧见桌子上放着一只烟盒,于是镇静而认真地问道:'银的吗?'"

如同那些给过卢一萍以丰厚精神养料的作家一样,他极善于在平稳、远离祸事的生活流中,截出一个简易场景,以温柔质朴却极端准狠的口吻进行针对现实表象的愉快审判。他心灵中的灾难景象,不是以洪水、地震、火灾的自然方式出现,而是在某一次谈话,一顿午饭,某个短暂而无奇的日常片段中呈现,人的扭曲、褊狭、怪诞,思想的卑劣以及精神的腐败集中在一个瞬间里展露无遗。他小说中的每一个文字,都如同凡人们每日展开的生活,含有作为悲剧而论的一切创痛。

前段时间,卢一萍把他前后写了将近七年,六易其稿的长篇小说《白山》寄给了我。我收到后即刻开始看,却直到现在也没有读完。只因为每看一行,都情绪翻搅,笑了一阵又想大哭一场。我跟在小说主人公凌五斗后头,看着他被命运扭成麻花,看着他和他成长的连队被精神世界的雪崩一次又一次掩埋,仿佛看到了一个时代沸腾的大锅里,无数颗饱受煎熬的心在挣扎着想要爬出。一个时代过去了,留下一片说起来挺美的废墟,一代人逝去了,留下一片无人着墨的惨白。这一切,不是没有人见证,只是往往有勇气说的人,没能力写,有本事写的人,识时务地避而不言。

倒是卢一萍,这个经常自诩为乡巴佬的有心人,选择在这寂寞的地方下着最笨的功夫,执意以白纸黑字打扫战场,以赤子之心重塑人心。对于他来说,作家最大的道德是书写一切,而不仅是书写正确的道德。真实即是善与美,他文字的真实一方面在于拒绝美化被贴上标签的人,塑造善人偶像;另一方面,在于他善于严审人性,在凋敝的人心深处找寻无疑的真实。

英雄与贵族的故事,固然激动人心,然而能把蝼蚁似的小人物一生写得惊心动魄,震撼灵魂,也是一个作者应当用文字完成的分内事。

很多人都曾说过,文学是天才的事业,而天才也时常乐意把自己的工作说得轻巧。那些炫目的篇章,仿佛是顺手拾得,一蹴而就的。相比那样汪洋恣肆的才情写作,卢一萍的写作更像苦行。当年,他以一篇先锋小说《激情王国》艳惊四座,作为70后中备受关注与期待的作者,他本能利用这聚焦的光圈,继续做个常在文学刊物上抛头露面的明星人物,然而,在之后很漫长的一段时间里,他却走上了一条最为艰难和清冷的修行之途。

在写《八千湘女上天山》时,他找机会遍访那段历史的亲历者,搜集了堆满房间的素材资料,只为尽量客观与完整地录下她们行将掩埋的生命轨迹。书出版后的许多年里,每逢有湘女的聚会和故人离去的告别仪式,他都会接到邀请。而这些时候,他也从不推辞,常带上鲜花与一份真心前去。离乌鲁木齐人民广场不远处,有一家湘女开的饭馆,卢一萍常想带朋友去给老兵捧场,而满头白发的老兵,却时常坚持不收菜钱。如此情意,便是因他那份执意还人以尊严的深情与果敢。

卢一萍平日里穿衣服,从不见西装革履,哪怕鞋子,也多是部队里发的制式皮鞋。有时候下班路过街边店铺,他也只盯着那些户外店,买出来的东西,不是打折的户外鞋,就是防水抗风的冲锋衣,无非是跟以前穿破了的那些衣服颜色不同而已。他家里的墙上,挂着一只马头骨,是他从荒原上捡回来的。空落落的眼窝,常年瞪着窗外。卢一萍和这马也相似,钟情荒野,他常年穿着户外服,一有机会便挎上背包,跑向高原荒漠。苦寒凄冷的边塞之地,他已用双脚踏遍。他信奉波斯诗人萨迪的漫游,并长期践行,利用各种机会,走遍了新疆、藏北、河西走廊、川西和云南。接近十年的漫游,把这个广阔的、山脉纵横的、带有传说色彩的地域变成了他视野和内心的"小世界"。在这里,"踏遍"不单是字面含义,卢一萍虽年轻,却像一位怀有最虔诚信仰的老者,以无畏的平常心,一步一叩,丈量了从凡心到圣境的全部路程。走过多少里地,喝过多少碗奶茶,听过多少次草原上的雷鸣,和多少位智者共饮,这些信息都会在文字里有所昭示。文学固然是虚构的,但虚构不等于闭门造车和信口雌黄。只有亲手抚过孩童的脸蛋,亲眼见过老人的眼泪,才能将文字焐热,让其有人情的温度。在这漫游途中,卢一萍找到了人类心中的爱与善良——这个世界的基点。

在我进疆之前,卢一萍已在新疆待了将近二十年,多少次将性命拴在挎包上,登上高原,从车祸和高原病里死里逃生。在那里,他不再是一个为世俗功利羁绊的人,不再是一个搜集一些新鲜的异域故事以图引人注目的文字贩子。他用满心的热望与爱,捡拾那些平凡人的命运碎片,织补成一段段的传奇史诗与美丽天地的牧人晚歌。

有人说,要想在写作上有所突破,必须学会倾听内心的声音。可是广阔天地,那么多嘈杂和声,有多少机会静下来,一五一十地面对自己呢。为了心灵的安宁,卢一萍把自己隐藏在灶台之前,能在家做饭,就不出去吃喝;将自己安顿于书架之间,读书一日,胜过日进斗金。这不是为了躲进小楼成一统,而是为了绕开心口不一、口是心非与言不由衷的陷阱,创造出带领人们的灵魂飞升的梵音。卢一萍曾如此描述一个理想的心灵镖师:

> 它是一个隐修者,而不是大街上的招摇者,更不是任何一群舞秧歌者的一员,也不是老年交谊舞大赛上的频频获奖者。它是一个骑着快马的刀客,它所到达的地方只有他

自己知道,只有后来者赶上去后才明白——哦,他妈的,早在很久以前,那家伙已经到达过这里了——那时,他们开始在这里寻找启示录。

这段话,道明了他的文字理想,也表明了他的内心所求。他希望在自己的笔下,呈现出人类文明历程中经受的苦难与欢笑的结晶,这坚硬的晶体,能扛过时间的侵蚀,抵挡潮流的更替,与人类绵延的生命一起共存下去。让每一代人,都能在这些文字里,找到"休戚与共"。这是太灼目的野心与愿景,以至于他愿意以最朴实的心灵状态,去负担与承受这终生践行的辛劳。至此,他已从先锋走进世俗生命,已从荷尔蒙走向沉思。故事的荒诞,已非炫技,情感的汹涌之势,也不再是气血冲动的宣泄和哗众取宠。沉寂如灰,于热灰中,炼出了一副为他人命运沉浮而歌哭的热心肠。

在我心里,卢一萍是一个入殓师似的作家,用他的文字,整饬那些因为时代、命运、欲望而受难的模糊面容,还遇难者尊严与体面。入殓师凭一己的慈悲与想象,将那些一塌糊涂的面目重新塑造,形成一个已非其本来模样的新样子。好的文字,究竟是为了对抗"面目全非"而存在的,在被践踏与毁坏过的生命跟前,许下拒绝遗忘和草草掩埋的承诺。这承诺,让再卑微的生命,再血肉不清的死亡,都有了光。

2014 年 12 月,乌鲁木齐

白色群山

一

即使八月,这高原也冷得咔咔作响。时光结了冰,重量增加了,压迫着每个人。

天堂湾边防连三面都是高耸的雪山,只有东面有个豁口。除了连队的百十号人,鹰不知去了什么地方,狼嚎声也很久没有听到了,连秃鹫也不往连队上空飞了,偶尔有一阵雪崩的声音传来,像巨浪猛击在礁石上发出的声音一样,贴着地面而行的、呜咽着的风永远肆虐着。

日子有些无聊。但天堂湾边防连通信员凌五斗——虽然他十分谦虚地认为自己只是一朵无意中飘落到这座高原的雪花——却在给自己增添一种非同凡响的勇气。

他下定决心,要对连长陈向东说,他不想当这个通信员了。

通信员一般不用参加训练,所以别人休息时他很忙,一到操课时间就很闲。其他人训练、执勤,他一遍遍拖连部的地,一遍遍擦连长的办公桌椅,当然,偶尔也会接到营部打来的电话。连长是个上海人,崇明区东边一个岛上渔村村主任的长子,稍微有些洁癖。他的裤衩每天早上都要洗,有专门的盆子、肥皂。这事儿凌五斗插不上手,都是他自己干。在洗自己的裤衩前,要先用肥皂把自己的手洗三遍,洗完后,要拿到被室外阳光照射得最久的小高地上晾晒,说紫外线可以消毒。他的袜子是每天晚上洗,也有专门的盆子和肥皂。连长每顿饭后要刷牙。——他要求凌五斗也必须这样做,但凌五斗一直没有做到。

凌五斗像个勤快的小媳妇忙完连部的事,也会看些图书室里的书籍。

连长虽然对凌五斗有时不太满意,但只要看到他在看书,就会对他很客气。凌五斗就是趁着这个机会,鼓起勇气,对连长说出自己想法的。

他特意找了本《静静的顿河》第三卷拿在手上,站得笔直,对连长说:"连长,我想跟您说件事。"

"说。"

"连长,我当兵这么久了,还没有去过哨所,我想去守哨所。"

连长听后,看了他一眼,什么也没说。

凌五斗就不敢再说什么了。

房间里安静得像要爆炸一样。

凌五斗跟连长说出自己的想法后,连长对他似乎客气了一些。但他在连长面前却更加小心,好像连长是一颗地雷。

那天刮了大风,一夜之间,气温下降了许多。天堂雪峰顶上风云变幻,雪线不知什么时候降到了离4号高地不远的地方。

季节在变化,内地的冬天还很远,但天堂湾的冬天马上就要驾临。

两天后的中午,陈向东把凌五斗叫到跟前,态度和蔼地对他说:"连里已同意你的请求,派你去六号哨所担任班长,替回原来驻守在六号哨所的班长徐通,明天一早出发。"

"这么急啊?"凌五斗心想。他这么想时,连长的目光击中了他。他到连部来第一次用目光注视着连长,然后,立正说了声:"多谢连长!"

"你现在已是前哨班班长,可不要拉稀!"连长说完,拍了一下凌五斗的肩膀。

凌五斗再次立正:"连长,您放心!"

连长第一次对凌五斗笑了笑。

凌五斗鼓起勇气问:"哪几个人跟我一起去呢?"

"目前就你一个人。"

"就我一个人?"

"是的,你一个人去。这是连里的决定。如果你不能担此重任现在就告诉我,我们可以派别人。"

"我能!"

"那就去准备吧。找一下陈忠于,明天他送你。"

六号哨所距连部有140公里路程,需爬上海拔5760米的达坂后,再绕着天堂雪峰走上50多公里冰雪路,才能到达。

陈忠于是个老兵,长着一张苦大仇深的脸,虽刚过而立,但已满脸皱纹,大家给他取了个绰号:核桃。他一见凌五斗就说:"凌五斗,你都第二年兵了,脑子该开点窍,在连部待着多好!我跟你说吧,我听说六号哨所现在已没多少价值了,只是上面还没有正式宣布撤销,需要一个人到那里留守。假如这个哨所真宣布撤销了,到时大雪一封,你又下不了山,该怎么办?我这是为你着想,你自己看着办吧。"

"那里是真正的边防,我想去。即使哨所真撤了,让我一个人守在那里,也没什么。"凌五斗故作轻松地说。

"哼,那你小子就去吧,明天早上6点钟准时出发。"

"多谢班长。"

二

上车后不久,凌五斗就迷迷糊糊睡着了。待醒来时,周围一片银白,汽车开在上面,如开在玻璃上一样,到中午,才来到达坂跟前。抬头可见天堂雪峰在阳光中闪着银光。银色的达坂在盘旋而上的简易边境公路的尽头,在鹰的翅膀上面。他感到有一种无形的、强大无比的力量正顺着达坂往下俯冲。

陈忠于的眼睛瞪着前方,感觉眼珠子都快瞪出来了,两手紧握着方向盘,青筋暴起。好不容易来到一个背风的地方,他把车停下来,没敢熄火。

"班长,要爬达坂了?"

"不爬,飞过去呀?你小子睡得像死猪一样。"

"我一坐车就想睡觉。"

"从现在开始,不准再睡了,你要跟我说说话,免得我也犯困。"

两人就着军用水壶里的冷水吃了点压缩干粮。陈忠于拿出提前卷好的莫合烟,点燃,深深地吸了一口。

两人继续前行,"解放"汽车像一头可怜的病牛,吃力地在刚好能搁下四个车轮的被九月的冰雪冻结的简易公路上小心爬行着。

天空由湖蓝变成了铅灰色,凛冽的寒风一阵阵尖啸着刮过,拍打得车身嘣嘣直响。

陈忠于不敢有半点马虎。太阳西沉的时候,他舒了一口长气。

"快到了吧?"

"快了,走了大半了。"

"才走大半?"

"托凌班长大人的福,这已够顺利了。"陈忠于被高山反应折磨得痛苦不堪,他把车停下来,用背包带把头勒紧。

"你没事吧?"凌五斗担心地问。

"高山缺氧,没事。当了十二年兵,开了十年半车,这条路每年都要跑几趟,你不用担心,我保证把你安全送到。我看你好像一点反应也没有。"

"头就跟挨了几闷锤一样……"

夜晚的风像刀,似乎要把这辆车剁成饺子馅。它把夯实的积雪铲起来,漫天飞扬。汽车被积雪和寒冷紧裹,无力地挣扎着,发抖、摇晃、痉挛,随时都有坠入深谷巨壑的可能。

虽然看不见,但凌五斗可以感觉到,众多雪山已被他们踩在了脚下。

即使到了现在,这座高原的很多地方仍然是无名的,即使是高耸的雪山,奔腾的河流,漫长的山谷。连队旁边就有一条无名河,天堂雪峰的冰雪融水静静地流淌着,晶莹纯净。河两岸的牧草并不丰茂,但不时会有一个金色的草滩。河岸两侧一年四季都结着冰,衬托得河中间的河水呈一线深蓝,中午,河面上会升起丝丝缕缕的水汽,轻烟一般,像梦一样虚幻、缥缈。它在这昆仑山、喀喇昆仑山、喜马拉雅山、冈底斯山构架的无穷山峦中,冲突、徘徊,最后没有找到出路,只能消失在一个没有出口的蔚蓝色湖泊中,去倒映天空的繁星和白云。

在车上颠簸了一整天,凌五斗和陈忠于如果不是被那身洗得褪了色的军装捆束着,恐怕早就散架了。

凌晨 1 点 27 分,两人终于到了六号哨所。徐通带着哨所八名战士裹着皮大衣,披着雪光,站在哨所外,早已望眼欲穿。见到他们,老远就迎了上来,嘴里啊呀啊呀地胡叫着,就像获得了自由的战俘。

是啊,他们从今年4月24日来到这里,就与世隔绝,凌五斗和陈忠于是他们时隔四个半月后第一次见到的人类。大家紧紧拥抱。陈忠于被他们抱得好几次喘不过气来。

凌五斗见到徐通,格外亲切:"徐班长好。"

"现在你跟我一样,也是班长了。你进步这么快,我要祝贺你!"

"我还不知道这个班长怎么当呢。"

"你一个人在这里,管好自己就可以了,好当得很。走,我们先去吃饭。"

哨所做了汤面条,一直等着凌五斗和陈忠于,由于海拔太高,面条只有六成熟,加之放得太久,已泡成了面糊,但每个人都吃得很香。

因为明天一大早哨所的所有人员就要跟陈忠于下山,凌五斗的面条刚倒进肚子里,徐通就开始交接物资:九五式自动步枪1支,子弹20发,手榴弹4颗,高倍望远镜1副,皮大衣1件,铁床1张,罐头17箱,压缩干粮9桶,大米1袋(50斤),面粉1袋半(约70斤),面条30斤,土豆38斤,胡萝卜15斤,洋葱5斤,大白菜5棵,煤2吨,木柴400斤,煤油10斤,蜡烛5包(50根),手电筒1个,电池6节,火柴6包,打火机5个,还有些盐巴、清油和应付感冒等常见病的西药。

三

第二天早上6点钟,陈忠于拉上徐通他们下山了。看着他们兴高采烈的背影,凌五斗像送一群来家里做客的亲戚一样,很自然地和他们挥手道别。看着军车的车灯消失在雪山后,他回到哨所里。房间里还留有他们浑浊的男人味。昨晚没有睡好,头脑有些昏沉。他打开那扇很小的窗户,让外面寒冷的空气灌进来。寒意让他清醒了很多。他在床上坐了一会儿,穿上皮大衣,出门巡视自己的领地。

他望着远处,看到这里除了西边的山脉和天堂雪峰,其他的雪山显得并不高,像是覆了白雪的南方丘陵。之所以这样,是因为这些山位于众山之上,积雪已把它们的棱角抹去,偶尔能见到一块黑褐色的巉岩。更远的前方再无山,天空从那里沉下去了。凌五斗明白,那是大地的边缘。邻国的哨所在西边的数重雪山后面。风为了迎接这个神圣的清晨,停止了咆哮。他看到了一个移动的黑点,激动得赶紧跑到高倍望远镜后面。那是一匹狼。它肚皮上的毛拖在雪面上,行色匆匆,不时往空旷的天地间望一眼,绝望地嚎叫一声。凌五斗有些兴奋。"啊,还有活物!"他的目光一直追逐它,直到它像一滴墨水一样融进淡蓝色的积雪里。

这让凌五斗找到了事做,他把哨所周围的疆土都巡视了一番。看着看着,一大片耀眼的白光突然蹿进他的视野,他的眼睛都睁不开了。他往东边一望,发现日头已从雪山后面跳跃出来,把所有的雪山都照亮了,天地晶莹剔透,像一块巨大的水晶。

凌五斗关好铁门。哨所其实是一个牢固的水泥碉堡。四面都有瞭望孔和射击孔。徐通他们的生活用品、被褥、枪支弹药——包括床都拉走了。哨所打扫得很干净。再也看不到他们留在这里的痕迹,好像他们根本就没有在这里生活过。

"他们为什么把床都拉走了？难道……难道这里真的就我一个人守着,不会再派人来了？难道六号哨所真的不重要,真的要撤销了？"他看着自己孤零零的床,心中有些慌乱。

但这种慌乱很快就过去了。"一个人就一个人!"他对自己说。

"我不可能在这里看见别的人了。"他在哨所里转了几圈,不知道该干什么。这时,电话铃响了。他拿起话筒,是连长的声音。他关切地问道:"五斗同志,感觉怎么样啊？"

"报告连长,感觉还好。"

"感觉好就行,陈忠于和徐通他们下山了吗？"

"今早6点钟就准时从哨所出发了。"

"那好,"接着,连长加重了语气,"六号哨所班长凌五斗听着!"

凌五斗一听,嗖地立正站好。

陈向东仍用加重的语气说:"凌五斗,你要明白你的职责,你必须对周围的一切保持高度警惕,必须按规定时间向连里报告哨所情况,如有任何突发情况,必须立即及时报告,你明白吗？"

"明白!"凌五斗回答得非常有力,听连长这么说,他断定这哨所还是非常重要的。

陈向东猛地挂断了电话。

凌五斗也果断地把电话挂断了。

他把枪抱在怀里,半睡半醒地坐在向着邻国的那个瞭望孔前。他觉得身体困倦,头脑却异常清醒,他觉得自己就像连队那只军犬一样警觉。

凌五斗严格地遵守连队的作息时间,晚上10点钟准时睡觉,清晨7点50分①准时醒来。他头脑里仍想着该叫连长起床了。看看对面,空荡荡的,才想起这里已经不是连部,自己也不再是通信员。

四面冰峰雪岭上的冰雪把外面的天空映照得格外明亮。

"这个哨所就我一个人守卫,我一个人守卫着一个哨所……"他心中升腾起一股英雄般的豪情。他看了看躺在身边的自动步枪,它在幽暗中散发出黑铁般的金属光泽。它使他充满了勇气。

他起了床,全副武装。他决定从今天起,每天进行训练。他觉得这是一名士兵必须要做的。

哨所外有一块半个篮球场那样大的积了雪的平坝,这就是操场了。虽然海拔高,氧气不足,但他跑得很快,跑了几分钟,就喘不上气来。"身为六号哨所的班长,这个身体素质可不行。"他看了一眼自己在雪野上跑出来的一条崭新小路,沐浴着刀锋似的晨风,望着东方的辉煌朝霞,环视四方的万重冰山,心旷神怡,不禁深感自豪地自语道:"我恐怕是这个地球上站得最高的人了。"

---

① 新疆部队作息时间因时差的原因,一般比内地晚两个小时。

群山在他脚下像海涛一样翻涌着。晨辉铺到了他的脚前,东面的天空一下子变得如此近,他觉得自己稍探下身子就可以掬起霞光。最后,天地间醉人的朝霞愈来愈浓,像煮沸的鲜血。

远处的天堂雪峰不再那么虎视眈眈地逼视他了,柔和的霞光使它少了孤绝尘世的霸气。

凌五斗的胸中激情飞扬,忍不住想大声吼叫,但只吼叫了一声,一大团坚硬的寒风就卡住了他的脖子,使他回不上气来。

他这才知道,在这莽莽高原之上,是不能乱激动的。在这里,任何人必须屈从于它的力量,小心翼翼地、心平气和地活着。

四

强劲的风一大早就开始刮,到天黑时才安静了,好像是因为圆月即将升起的缘故。风止后,扬起的雪重归于大地,被寒冷凝结在一起。天地空明,纤尘不染,恍若乐土仙境。

那轮月亮白天就已静静地待在半空,专等太阳落下后放出自己的清辉。夜幕降临后,它在天空露出了自己的容颜。它那么大,那么圆,离凌五斗那么近,好像是这高原特有的一轮。那些沉睡、凝固了的群山被那一轮圣洁的月亮重新唤醒了。他感到群山在缓缓移动,轻轻摇摆,最后旋转、腾挪、弯腰、舒臂,笨拙地舞蹈起来,还一边舞蹈,一边轻声歌唱:

天地来之不易,
就在此地来之。

寻找处处曲径,
永远吉祥如意。

生死轮回,
祸福因缘,
寻找处处曲径,
永远吉祥如意。

　　这歌声如同跨越了一切界限的史诗,如同超脱了一切尘世藩篱的天籁。而这,又似乎只有在氧气只有内地一半的这个地方,孤身独影站在这个星球的肩头才能听见。

　　——是的,距此三百里处,才有一个孤独的连队,九百里外,才有一座简陋的小城,尘世猛然间隔得那么遥远,远得像另外一个星球。

　　这很有质感的月光,使凌五斗不愿回到哨所里去。他如同一尾鱼,畅游在一首激昂的交响乐中——又感觉自己在飞,如一只鹰,直上云霄,冲破长空,荡散浮云。

　　月色的美丽和大山的神奇灌醉了他。他不知道自己是什么时候回到哨所的,也不知道是什么时候入睡的。只记得那晚做了一个梦,梦见自己抱着一轮晶莹剔透的明月在群山间飞奔,跑着跑着,突然听到一声枪响,子弹穿透了他,他没感觉到痛,只看见血喷了出来,把怀中的月亮染红了。然后,染血的月亮像一个玉盘,在他怀里破碎。他的心也随之碎裂,他非常伤心。当他抬起头来，看见父亲骑着一匹红马，站在不远处的雪山上，他感觉父亲离他很近，但看不清父亲的面容。父亲在注视他，目光严厉，带着责备。凌五斗大声喊爸，但父亲好像听不见，凌五斗向父亲跑去，但他的脚陷在积雪里，怎么也拔不出来，他眼看着父亲的身影渐渐模糊，与积雪相融。

这梦时空混乱，令人伤感，但它是凌五斗上哨所以来做的第一个比较完整、清晰的梦，加之他在这里梦到了父亲，所以他很是珍惜，一遍遍回味，生怕忘却。

他从来没有见过父亲的面，只看过父亲穿着军装骑在一匹马上的黑白照片。他父亲曾是骑兵，在与母亲结婚不久，返回部队执行任务时牺牲了，就牺牲在这白色群山中，离他350公里远的另一个边防连。

这白山如地球上一面寒意凛冽的墙，如此高拔。"爸，我也到了白山，这里多像我梦里常常出现的地方啊，连你背后的雪峰都是一样的。"他心里十分难过，一行热泪禁不住流下，一出眼眶就变得冰凉。

从那晚到现在，凌五斗除了做好自己的本职工作外，几乎没有去思考别的。他被一种类似诗一样的情绪拍击着。他坚信，就像父亲牺牲在白山中一样，他驻守在这里也肯定是有价值的。

他警惕地观察着周围的一切，认真地记录着观察日记，每天准时向连队汇报。一有空闲，就擦拭自己的武器，进行体能训练，演习一些基本战术。他觉得自己的日子过得蛮充实的。

但不知为什么，他今天想起了连队，想起了家乡和亲人。他们像疾风一样,一遍又一遍地从他头脑中掠过,他担心自己的身心已在不知不觉中感觉到了可怕的孤独。

五

今天上午,群山一片宁静,太阳对这里的寒冷无能为力,但它的光辉仍旧照耀出了一个明亮的世界。早饭时,凌五斗吃了点荠菜罐头和压缩干粮,走出哨所,正要用战备锹平整哨所前的平坝,忽然,一阵令人毛骨悚然的尖啸声从远方传来。凌五斗一听,知道风又要发狂了。

六号哨所地处风口,一年有三分之一的时间刮着八级以上的大风。一刮风,那些沙石和不知积了多少年的雪就会被风铲起,铺天盖地而来。这时,你得尽快找个避风的地方躲起来,几年前在这里守卡的陈玉清就是由于躲避不及,被一块让风刮起的拳头大的石头击中脑袋,来不及抢救牺牲了。那风把人掀翻、按倒、刮进沟壑里,更是常有的事。

风声由北而来,吼声如山洪暴发。太阳一下子被风抹去了,群山顿时陷入昏暗之中。被风卷起的积雪和沙石如同一群狂暴的褐色猛禽,张牙舞爪地向哨所扑来。为了防止瞭望孔的玻璃被飞石砸烂,凌五斗赶紧用水泥砖把它盖住,然后冲进哨所躲起来。随后,他听见了被风刮起的卵石乒乒乓乓击打哨所的声音,泥沙和冰雪倾泻在哨所上的沙沙声。这风一直刮到下午才停。待天黑定,风又起了,似乎比白天更甚,在黑夜中越刮越猛,如数万只饿狼的凄厉嚎叫,让人感到越来越恐怖。凌五斗感到这雪山在摇晃,似乎随时有被风拔掉的危险,哨所则像一个风中大树上被废弃的鸟巢,随时都有可能被刮落,掉到地上,摔得粉碎。马灯晃动着,橘红色的灯光在哨所里摇曳。

凌五斗看着自己墙上的、随着灯光晃动的影子——他默坐在那里,枪靠在他的脸上。他把头稍稍仰了仰,做出一副视死如归的样子。

他想起了活着或死去,它们似乎闪耀着同样的光芒,如同坟头上盛开的花朵以及土地里掩埋的人,它们构成了一个和谐的整体。

炉火已经熄灭。寒冷从四壁渗进来,湿而黏,如发臭变质的水。

整个世界都在摇晃,都在咆哮。

凌五斗心中莫名其妙地飘过一阵悲伤。它像秋天里池水的波纹,一圈圈在心中荡漾开来,留下一丝漂浮的隐痛的痕迹,然后消失了。

这个世界如此强大,自己如此微小,他想睡着,把自己置身于这个世界之外。"我必须得睡觉了。"但是他的思绪穿过外面的大风去了很远的地方。他想到了祖母和母亲,想起了梦里骑在红马上的父亲,想起了老家屋侧的一棵桃树,想起了故乡的平原和平原上散发出来的泥土、庄稼和农家肥的气息。然后,他想起了阿克赛钦湖——湖水不停地拍击着只有砾石的湖岸;想起了他曾听过的那位叫德吉梅朵的藏族姑娘的歌声——那声音一直萦绕在他耳边,想起了她身上散发出来的羔羊一样的气味……他觉得自己的心和暗堡上的积雪一样柔软。

已经零零星星下了好几场雪,雪线已逼向远方,凌五斗希望下一场雪会把整个世界笼罩起来,他希望这一天马上到来。他盼望下雪,那飘扬的每一朵雪花都是一个生命,它们舞蹈着,毫无秩序,却充满活力。到时整个世界都会换上新的容颜:洁白,纯净。到时,即使无月无星的夜晚也不会全是黑暗的,雪光将把世界照耀得雪亮。

六

今天一早醒来时,外面传来了唰唰唰的声音,像有成千上万的人在耳边窃窃私语。凌五斗知道自己期盼的大雪终于落下。

从今天起,六号哨所就与外界彻底隔绝了。这场雪特别大,像是天上发生了雪崩。高原被冰雪严严实实地封冻起来。如果能从人间仰望这里,你会看到六号哨卡就像一片封冻在众山之上、雪海之间、云天之中的落叶。如果从天空俯瞰,它则像一粒不断被冰雪啃噬的尘埃。这里已成了汪洋雪海中的一点孤礁。凌五斗要下山,山下的人要上来,只有明年五月开山之后才有可能。

凌五斗穿好衣服,准备到外面去看看,这时,电话铃暴响起来。这一次的电话是来电响起的,以前大都是他每日汇报情况打给连队的。

"凌班长,你好!"是文书温文革的声音。

"你好!文书,有什么事啊?"

"连长昨天带人去看你了,我想问一下,他到了吗?"

"连长还没到。"

"他计划去了四号哨所后,就去你那里。"

"昨晚这儿已下雪了,雪很大,现在已封山了。"

"那他们可能就上不来了。"

"没关系,连里没事吧?"

"也没啥大事,就是冯卫东死了。"

"冯卫东死了? 哪个冯卫东?"

"连里还有哪个冯卫东?"

"你可不能开这样的玩笑!"

"死人这样的事,我开什么玩笑?"

"他怎么死的?"

"他一跳,就死了。"

"一跳……就死了?"

"是的,10月14日那天的大风把通往防区的电话线刮断了,他跟通信班去查线,从电杆上下来时,看着只有一米多高,图省事,往下一跳,就没起来,典型的高原猝死。"

"怎么会这样啊……!"

"冯卫东牺牲后,指导员向上面打了报告,看能不能追认为烈士,上面还没有批……"

凌五斗垂下手臂,觉得黑色的话筒异常沉重。

"还有,喂,喂,凌班长!"

凌五斗把话筒拿到耳边。

"还有,六号哨所上头已宣布撤销,连长这次就是要来接你下山的。"

"什么?你说什么?"

"我说呀,六号哨所上头已宣布撤销了。"

"撤了?不可能吧?"

"你怎么啦?"

"没事,我……我知道了,谢谢你告诉我这个消息。"

凌五斗觉得自己一下垮掉了。这是一个被雪光映照得多么白亮的日子啊!雪下得那么恣肆、欢畅,不顾一切地往大地上倾倒,那么从容,那么信心十足,带着一种战争狂式的热情和自信……

"冯卫东……你只一跳,一跳……就死了,你他妈的就不知道在这高原上是不能随便跳的吗?"

冯卫东和他同村,从读小学到高中毕业一直在一起,然后又一起入伍、一起上高原,又分到了同一个连队。凌五斗走到哨所外面,风雪如冰冷的、被激怒了的巨蟒,紧紧地缠着他,倾泻而下的大雪密实得令人喘不过气来。

他开始痛恨这绵延不绝的白色群山,觉得它空有一副庞大的身架,却没有任何有意义的内容。"空洞、苍白、冷血!"他原以为可以一口气说出许多贬低它的词,却只想到了三个。

"冯卫东,这场雪,它是为你下的……"

积雪已可没膝,凌五斗望着远方,像是能看到冯卫东的灵魂似的。

他的心中有一条呜咽着往前缓缓流淌的黑色河流,它穿过堆满积雪的群山,在蓝色冰雪的衬托下,显得格外分明。

狞笑着的雪,越堆越厚,似乎也要把他埋葬……

这些天,大雪和大风一直没有停歇。积雪已封住了哨所的瞭望孔和射击孔,哨所已被埋进雪里,像沉进海水中的礁石。

凌五斗常常记起冯卫东的一切,生命脆弱的现实活生生地摆在面前,他心中总有挥之不去的伤痛。加之这个哨所撤销的事实已得到确认,支撑他生命和信念的东西顷刻间全都不存在了。

他想起了高中的女同学袁小莲。他喜欢她。她鲜艳的双唇不时在他眼前闪耀,如千里雪原中一枝独秀的花朵。然后,它蔓延成一大片,它们在雪原上生动地开放着,欢快地舒展着柔嫩的花瓣,散发出特有的芬芳。它们开放得那么广阔,凡是凌五斗关于袁小莲思绪所到的地方,它们都开放着。一直绵延到她那充满甜味的、温暖的气息里……

凌五斗开始感到难以忍受这里的空寂和荒芜。但他仍然相信自己一定能战胜这一切。他觉得,自己应该是为了战胜它而来的。

雪不再飘飞的时候,天空重新笼罩在头顶,是没有任何污染的湖蓝,可以看到几处雪没能遮住的深黑色巉岩。西沉的太阳像在那湖水里洗过,把傍晚时的瑰丽洗却了,显得和月亮一般晶莹剔透,夕阳玫瑰色的光浸润在峰峦顶上。天地尽头,还有一抹红霞在静待太阳归去。月亮已升起来,是一轮弦月,比太阳更为晶莹。

天幕四合，大寂大静。

七

凌五斗每天早上 8 点、中午 12 点、晚上 9 点半会准时拿起话筒，把"六号哨所一切正常"的情况报告给连里，但一听是他的电话，接任他的通信员汪小朔就会礼貌地对他说："班长，六号哨所已被撤销，您不用再向连队汇报。"然后就挂断了电话。每当这个时候，他都会痴傻地站上半天。其实，他打电话给连里已成为一种习惯，而更主要的是，他想听到人的声音。好像只有听到人声才能证明自己还活在人世。他得找各种途径来证明自己还活着。但后来，对方只要一听是他的电话，不管是谁接的，都会断然挂断。好像他的声音来自另外的星球，带着邪恶，听不得。

除了他第一天到达这里时看到过一匹狼，他再也没有看到过别的活物。现在，他对自己那时看到的是不是狼都产生怀疑了，这里只有无边无际的寂静。在每一个白天，他用望远镜仔细搜寻着能够纳入他视野的每一寸雪山和每一片天空，希望能发现一只飞奔的羚羊、一匹踽踽独行的野驴、一只搏击云天的苍鹰，或者一只老弱的野兔、一群残破的乌鸦，几只小小的山雀，可是没有。

没有活着的东西。

没有其他生命的参照，他怀疑自己是不是真的活着。

要么是铅灰色的天空,要么是蓝得发亮的苍穹,永远是白雪裹覆的山脊,永远是狂啸的寒风,永远是肆虐的狂雪……

有时,凌五斗希望来一阵风,风却静止了;希望云朵飘动,云却消散了;希望日头暖一点,它却越发地冰凉了。感觉不出世界的一点动静,也听不到一点声息。

面对这个由水泥铸成的挺立在山顶上、半埋在积雪里的孤独前哨,已不用怀疑,它现在存在的意义就只是因为它的孤寂。如今,凌五斗像一个在无边无际的惊涛骇浪中驾着无舵小舟、漫无目的地漂荡在大海上的渔人,被一种漫无边际的虚空越来越紧地包裹着。他怀疑自己最终会不会成为一只蛹,看不见孤寂之外的一丝光亮。

在雄奇壮阔的群山中,他连自己作为一星尘埃的重量也感觉不出。在这种辽阔的景象面前,生命渺小得几近于无。此时,四面都是绵延无际的雪海,它一直绵延进灰褐色的烟霭里。这的确像是波涛汹涌的大海,在很多时候,他的确听到了它们惊天动地的浪涛声。

天地太空了,空得无边无际。能容得下无穷的黄羊、藏羚羊、藏野驴、野牦牛、雪豹、棕熊和猞猁,黑颈鹤、白额雁、斑头雁、赤麻鸭、绿头鸭、潜鸭、藏雪鸡和大嘴乌鸦,以及悬停在天空中、给大地投上一片阴影的鹰和金雕。

想起这些高原上的生物,他不禁号啕大哭起来。

在强大无比的大自然面前,凌五斗觉得自己还没有真正交手就失败了。他多想这样安慰自己:他的哭,只是面对强大的大自然的一种感动,而不是因为别的什么。他想,作为一名身陷此境的人,纵是用这样一种自欺欺人的方式来安慰自己也是可以理解的。

他害怕风雪,但寒风尖啸起来,狂雪紧裹着哨所。

他坐在炉子前,望着跳跃的蓝色火苗,看见连长的脸在炉火里对着他笑。他知道他想念起连长来了。他从小喜欢裸睡,作为不良习惯,部队三令五申禁止,他在新兵连的时候把它改掉了;到了天堂湾,他每天睡得比连长晚,起得比连长早,所以裸睡的毛病又犯了。有好几次,连长叫他起来跟他一起去查哨,他睡得迷迷糊糊的,光溜溜地站在连长面前,自己却没有察觉。他身材健美,像镀了银的、没睡醒的大卫。

连长总会朝他的小腿踹上一脚:"你他妈的,成何体统!"

他这才清醒了,很是尴尬,赶紧摸了衣裤穿上。

"连长……"他难为情地赶紧找衣裤。

"球毛病多!"

想起这些,凌五斗觉得很温暖。他突然想跟连长说些话。他说:"连长……"却不知该说什么了。想了半天,他才想起该问一下六号哨所被撤销的事。

连长一接通电话就问:"凌五斗,很抱歉,我们也刚从雪海里挣扎出来,差点报销在去六号哨所的路上了。很对不起,没能把你接下来。"

"连长……"他哭了。

"你是不是害怕了?"

"是。"

"怕死?"

"是。"

"你要记住,对军人来说,死亡是一种常识。"

"连长,我想知道六号哨所被撤销的事。"

"我是临上四号哨所前才得到六号哨所要撤销的命令的,知道这个消息后,我准备到四号哨所后就去六号哨所把你接回来,没想到雪下得那么大。你现在只管好好地在山上待着,注意自己的身体和枪弹不丢失就行,别的可以一概不管。"

"是,连长!"

八

凌五斗没有留意,元旦已经过去。

他原计划半个月换洗一次衣服,现在也觉得没有必要了,甚至认为洗脸也是件多此一举的事。他的胡子和头发一直没有理,因为理发工具他没有找到,可能是徐通忘了留下。

这是些多么难熬的日子!他仿佛听见那种用钝锯锯木头的声音。他不知道该干什么,也不知道能做些什么。一会儿拿起枪,一会儿扫扫地,一会儿痴看着燃烧的炉火。

"巡逻去吧!"他对自己说。

"巡逻?算了,还是扫雪吧。"

"是的……扫雪去,马上就去!六号哨所的全体人员跟我出去把雪扫了。"他觉得这里并非自己一个人,而是有一个前哨班。

　　这积雪的确太厚了,浮雪已被风卷走了一些,没卷走的还可以没入腰际,下面还有好厚一层被大风夯牢筑实了的硬雪层。

　　凌五斗就这样在稀薄的空气里,在零下不知多少度的严寒里干着终于可以一干的事。

　　他心中的寂寞随着自己流下的汗水慢慢消散了,他觉得自己一下轻松了许多。

　　"唉,兄弟们,怎么会没事做呢?这里有多少雪可以扫呀。只要有事做,日子就不会难过的。"

　　风雪止息,白日高悬,日光和雪光把雪山照耀得如此白亮,像一个荧光世界。他扛着扫把,迎着日光,抬头一望,眼前顿时呈现炫目的五彩光环,光环之中,一个人骑着一匹枣红骏马,正天神般徐徐而下。"那不是爸吗?"他喊了一声爸,忍不住热泪涌出。当他擦去眼泪,他看到父亲已立马屹立在不远处的一道雪梁上。他使劲揉了揉眼睛,还是看不到父亲的面容。但他感觉父亲也在看他。他蹚着积雪,深一脚浅一脚地向父亲走去。但父亲离他始终那么远,他永远也走不到他的跟前。但他不死心,一直往前走,当他终于走到那道高耸的雪梁上,父亲和他的枣红骏马化为光影,像个梦一样消散了。来到父亲恍然屹立过的地方,他没有找到枣红骏马留下的马蹄印。哨所离他已有两三公里的距离,已看不到它。他有些慌乱,他觉得那个哨所就是他在这个世界上唯一的家。他害怕自己找不到回家的路了。

　　他在那里徘徊了很久,觉得父亲像在跟他捉迷藏。他期待父亲会在他找不到他的时候,偷偷地跑出来,蒙住他的眼睛。或者学一声布谷鸟的叫声,告知自己的儿子他在哪里藏着。但只有暴风雪过后残留的风的喘息,只有残风吹起的雪粒不停地射击在脸上,呼吸出来的热气和不知多久流出的泪水已在帽檐、眉毛、眼睫毛和脸上凝结成霜。

当他感到又冷又饿的时候,才开始往回走。已找不到来时的脚印的痕迹。他回到哨所,白日已沉入白色群山后面,留下一片惨淡的晚霞。哨所里比雪野还要清冷,好在寂寞就要完全把他紧裹住的时候,疲惫使他睡着了。这是他上哨所后第一次熟睡,那是多么幸福呀。他梦见父亲向他的哨所走来,跳下马,推门而入,坐在他的床边,用一双粗糙的、满是马汗味的大手抚摸着他的头。他闻到了父亲的味儿——一种人汗味、马汗味、枪械味组成的刺鼻的味道——就像烈酒,刺激人又让人沉醉。他的一只手抓住父亲的另一只手。他开始一直没有注意去看父亲的脸,当他想起时,父亲已站起身,往外走了,他腰间的马刀撞在门上,发出了哐的一声响,然后,他听到马蹄声渐渐远去……他觉得很满足……

就在这个时候,电话铃声把他吵醒了。

凌五斗很沮丧,同时,又有些高兴。他想,连里这么晚来电话,一定有重要的事要告诉他。至少,连里主动打电话来,也是关心他。当然,他也希望听到另一个人的声音,他准备和来电话的人好好聊一聊。他拿起了话筒。是连长的声音!

"凌五斗,怎么样啊?"声音多么亲切!

"报告连长,我还好。"

"枪和子弹没出事吧?"

"没有,枪完好无损,子弹一颗不少。"

"那就好,多吃点东西!"

"是!"他怕连长把电话挂断了,赶紧说,"连长,您还好吧?"

"还好!"

"连队其他人呢?"

"都好得很。告诉你个好消息,冯卫东被评为烈士了。"

"真的?"

"革命烈士。"

"太好了!"

"有事没事都可以给我打电话。"

"好的。"

"现在,你就是天天光着屁股睡大觉,我也不会再踹你了。"

"可我把那毛病改掉了。"

"好了,我说得够多了,归结起来一句话,你他妈的给我好好地守在那里!"

凌五斗没有吭声。

连长把电话挂掉了。

凌五斗握着话筒,盯着雪光映照得雪白的墙壁,笑了。

九

又不知过了多少天,这些天他老觉得有什么东西在房间里舞蹈,它们面目颇为狰狞。哨所外似乎也是,到处都是。

"得睡着,睡着就没事了,这一定是白天太累的缘故。"

他拿起枪,打开保险,钻进被子。一闭眼,它们又在眼前出现了,它们扑向他,用冰冷的舌头舔他的脸。

一种类似电流一样的东西穿透他的身体,一切的运动都快如闪电。他奋力挣扎着,却是徒劳。他的双手在沉重地挥动,双脚在用力地蹬踹,他的嘴在大张着呼喊——他喊冯卫东、喊陈忠于、喊袁小莲、喊连长、喊奶奶、喊娘……他记得自己拿起枪,朝那舞蹈的东西射击。不知过了多久,他终于醒来了,他猛地坐起来,虚汗湿透了内衣。他痴愣了半天,把油灯点上,披上大衣,把枪紧紧抱在怀里。

虚汗止了,但身上十分难受,像穿着一件涂了冰凉糨糊的衣服,心紧张得扑扑直跳。身体已虚弱得没了一点力气。

夜是这样地死寂,一切声音在此时都停止了。一切都死了,雪就是尸布,裹着整个死去的世界。鬼魅在外面潜伏着,准备随时进来把他掳去。

从那以后,他就不敢在夜里睡觉了。他改在白天睡觉。但迷迷糊糊的,怎么也睡不踏实。心中的警惕感虽不需要,却不时像警笛一样鸣叫开来。

他一直处在这种境况中,觉得自己轻得像一片羽毛。

"我不能就这样完了,我得想点办法。"他对自己说,他觉得自己的声音都是飘忽的,感觉不出那是从自己嘴里发出的。

外面的雪,下狂了。

"我得做点什么,是的,做什么呢?"

他支撑着下了床。腿一走动,竟有些颤抖。他在房间里吃力地打着转,想找点事干。

他觉得应把床重新铺一下。这床是他上山时徐通他们帮着铺的,他觉得应该自己铺。他揭掉床单,把褥子翻过来,在铺板上惊喜地看见原先糊在上面,又撕去后留下的残破的报纸,其中有篇残缺的通讯稿。

看到那些文字,他心中不禁有些高兴。这篇通讯是写天堂湾边防连的,有好多地方不真实,但在这里,不管它们记载的什么,都让他感到亲切。他看见它们闪耀着人类文明的古老光辉。

†

这种整日昏昏沉沉的日子使凌五斗痛苦无比。

他多么渴望有一个能安睡的夜晚!

他想,人之所以在晚上睡觉,一定有其深刻的道理。一切真实的东西在夜里都被隐藏或者虚化了,面对被隐藏和虚化的世界,人们除了更多地想到恐惧,是很难体会到事物存在的其他意义的。因此,人们选择了用沉睡来替代夜的恐惧,一入睡,令人恐惧的世界就暂时从意识中消失了。那是多么美好的事情!可他在夜里却睡不着。他开始怨恨起连长来,假如他那天晚上不用电话吵醒他,他就可以一觉睡到天亮,这一切就不会发生了。

"我必须调整自己,一定要设法在夜晚睡去!"他狠狠地、大声地对自己说。

第二天天一亮,他决定白天再困也不睡觉了。

他觉得自己应该做事,他应该在哨所外修上一些掩体,如果打仗了,就可以用。

他吃了些罐头,然后扛上战备镐,先铲了积雪,刨出地表来,冰冻的地表跟石头一样坚硬。他费了很大的劲,才挖了脸盆大一个坑。直到挖到卵石层,才省力一点。他记起他在连队曾看过一本地理书,书里讲这高原很多年前曾是一片大海。他就一边吃力地干着活,一边想着这美丽的大海变成险恶的白色群山的事。他感到不可思议。美丽的大海,怎么会变成这个模样呢?一望无际的蔚蓝色的波涛不快不慢地地向天际涌去,海里游着千奇百怪的鱼类,海底生长着迷人的珊瑚和海藻,海上飞翔着轻盈动人的海鸟。可现在呢,它只留下了自己朽败的骷髅。如此广阔的地方,竟养不活一丝绿色,除了那垂死的灰褐色和惨然的苍白色外,什么也没有。辉煌的、充满生机的大海的踪迹已无处可寻了。

还没到中午,凌五斗就感到饿了。这使他感到很高兴。他热了一个驴肉罐头,将它填进肚子里,还觉得饿,就又吃了一个。吃了午饭他又接着挖掩体,到天黑,他扛了一块冰,在锅里化了,烧了一壶开水,吃了压缩干粮,就满怀信心地准备入睡。他想,自己白天又困又累,今晚一定能睡着。他把枪放在身边,躺了下去。

"睡吧,今晚好好地睡一觉,五斗。"他充满爱怜地对自己说。

"我就要睡着了,我今天这么累,从昨天晚上到现在,我都没迷糊一下,我怎么能睡不着呢?"他微眯着眼睛,给自己鼓劲。

"我今晚一定会睡得非常好的,一定会的。我会做一个很好的梦,梦见这里的雪化了,变暖了,山全变绿了。到处都是郁郁苍苍的森林,林间跑着梅花鹿;在森林的上空飞翔着五彩的鸟群,它们的鸣啼欢乐婉转,它们一年四季都在森林里飞来飞去,永不离开。六号哨所的周围,天天都有鲜花盛开。在森林的边上,就是一座城市,那是一座全由木屋组成的城市。城市到处都有绿树、青草和鲜花;没有电话,洁白的鸽子传递着信息;没有汽车,街上行走着梅花鹿拉的鹿车;也不要电灯,到了晚上到处都挂上点着彩烛的灯笼。我就住在这个城市,住在自己用樟木修成的小屋里,屋子里常年弥漫着香樟的气味,木屋四周围着木栅。阳光暖暖地照耀着木屋四周的花朵,喷泉喷着晶莹水柱。我坐在一把木靠椅上,舒心而平静。孤身守卫六号哨所时残留在脸上的孤寂的痕迹也被这座城市用母亲般的手抚平了。我在阳光下昏然安睡。有只洁白的鸽子栖在我的肩头……当然……木屋里住着我的母亲和妻子。妻子……究竟是袁小莲,还是谁呢?……是袁小莲。只有她。她有含蓄而迷人的笑,有温柔甜美的声音,轻盈飘逸的步态,直垂脚背的长裙……嗯,小莲……我该入睡了,我该入睡了……"

凌五斗睡着了,但睡意很浅,因为他能感知自己对自己的睡眠充满了忧虑,还在担心那些可怖的东西重又来临。没过多久,他终于彻底醒来。他把枪抱得那么紧,马灯也没有被吹灭,他对这种状态充满了哀伤,似乎哭过。他的身体那么劳累,而头脑异常清醒。

"明天,明天再修掩体,整天都不休息,到时一定会睡着的,一定会……"他安慰自己。

第二天中午,凌五斗挖好了第六个掩体,他觉得自己的整个身体已被碾压成了碎片,头脑里传出一阵阵轰鸣之声,他觉得自己已经不行了。他对自己说:"得赶快回到哨所里去。"

他踉踉跄跄地撞开门,靠在墙上,觉得天旋地转起来,并且越转越快,最后,他什么也不知道了。

醒来时,四周漆黑,全身冰凉,头脑里像塞满了废铁烂铜,又像一个充了气的气球,悬在沉重的空气中。所有器官都像被什么东西卡住了,手脚如铁棍一样难以弯曲,身体里的血全都冰冻起来了。

"我还活着吗?……这是我的肉体,还是我的灵魂……"凌五斗感到有一丝轻盈的东西从身体内像一股轻烟一样升起来,觉得自己超脱了。因为飘荡的灵魂可以四处飘飞,自己再也不怕失眠,再也不怕寂寞了。

他静静地躺着,又不知过了多久,他睁开了眼睛。他的眼前出现了一团朦胧的白光,慢慢地,它清晰了,他辨认出那是一轮月亮。

"这是晚上了,可我是在哪里呢?"他在心里问自己。

从开着的门洞里,他看清了那轮雪亮的残月,但那月亮似乎进不了他的大脑。

"我得坐起来。"他知道自己是躺在地上的。他试着活动手脚,他的手触到了铁床的床脚。"得上床去!"可无论怎样,身体也动不了。他用已经好了些的左手用力拉住床脚,身体向前动了一下;他抬起左手,摸到了被子,把它拉下来,裹在身上。

炉火早已熄灭,哨所里冷得和外面一样。

凌五斗发现自己已经病了。他的头痛得像斧头在劈,鼻子堵得不透气,耳朵里有一种沉闷的嗡呜嗡呜的声音,一波接一波地猛响着。随着身体渐渐变暖,病痛尖叫着逼近了他。他强撑着爬起来,关紧门,给马灯添了煤油,服了感冒药,再次躺上床去。

"这只是感冒,吃了药,躺一躺,明天一早就好了。"他对自己说。

"刚才我是不是晕过去了?不,我只是太困,睡着了,如果在床上也能睡得那样死,该多好。"他害怕再这样去想问题,怕胡思乱想一通,又睡不着了。病痛中能够睡去是再好不过的,一觉醒来,这病说不定就好了。他强迫自己不去想什么。他烧得似乎要燃烧起来。他开始数数,心想自己如果能从一数到一千,就可以睡着了。但他从一数到一万后,还大睁着眼睛,他又从一开始,数到了三万,仍无睡意。

炉火有气无力地燃烧着,他感觉心中像结了冰。

外面又起风了,说不定今晚又有一场大雪。风很大,如狼嚎。他感到有一张苍白的网正罩向他。他的心在那网的笼罩下,慢慢平静。连长说得对,对军人来说,死亡是一种常识。想到这里，他不禁释然地呻吟了一声。他探出身子，把电话拿到自己枕边，心想："如果真不行了，我就可以告诉连里，让人来替代我守这哨所。"但他马上记起，这哨所已被撤销，再也不用人来守卫。

他不知道自己是多久睡着的。他做了一个梦。

他朝四周看了看，看见父亲骑着红马站在高高的雪山上，像一尊雪雕。他和马一动不动，逆向的阳光给他和他坐骑的身影镀了一道明亮的银边。

他感觉有战友来到了这里。大家很快就把床铺整理好了，煤炉也支了起来，副班长忙着去试收音机，但只能收到邻国的台，叽里呱啦的，一句也听不懂。他有些失望，忙把电话拿出，接上，使劲摇。电话线接通了。凌五斗和连长高兴地聊了起来，连长对他说，裤头三天洗一次也不算啥事，穿着那样的裤头，老子照样活！凌五斗听他么说，就附和道，这上面反正见不到女人，我们到时都不洗裤头了。两人粗野地哈哈大笑起来。

放下电话，凌五斗开始忙碌。吃了三天的压缩干粮，他要给大家做一顿面条吃。他铲来积雪，化成水，沉淀了一会儿，把沙石尘土滤掉，然后开始烧水，水沸腾后，他放了四斤面条，然后又打开一个菜罐头，把菜放进去。由于氧气不足，气压太低，水的沸点很低，面条有些黏，有些夹生，但大家已习惯吃这种夹生饭食，所以还是吃得很是欢畅。吃饱之后，大家很快就睡着了。他看着满房子的人，心里很高兴。

连里今晚的口令是红马，六号哨所也是。他在炉火前排好哨，他站第一班。

哨所外面铺着一层白色的光，不知道是月光，还是积雪的反光。凌五斗熟悉这种夜晚的颜色。他担心自己还是一个人守在这里。他赶紧回过头去，他看见炉火呼呼地燃烧着，他的战友正在酣睡，他放心了。

他们骑的军马突然骚动起来，有的喷着响鼻，有两匹还嘶鸣了一声；从扎西家租的托运给养的牦牛也不安地像狗一样躁动着，然后慌乱地挤在一起，它们围成一圈，头朝外，屁股朝里，蹬着四足，摆出了一副应对攻击的架势。

凌五斗把子弹推上膛，问了一声："谁？口令！"

"红马！"一个坚定的声音回答道。随后，一个骑着红马的人从哨所前面的山路上冒了上来，他的身上披着厚厚的白光。

凌五斗把枪对着他。"请问你是……"

"我是凌老四。"

"那么，您是我爸！"

"那还用说？"他跳下马来，那匹红马像火焰一样红。"我早就知道你是我儿子凌五斗了，你一个人来守这个哨所的时候，我就知道了，我哪想到你会到这里来呢？今天，我想来看看你。"

凌五斗一听，赶紧给父亲敬了个军礼。父亲拍了拍他的肩头，他的手挨着了他的脸，冷得像一块冰。他赶紧说："爸，这外面冷得很，走，进去烤烤火。"

"好。"

红马在外面立着，凌老四跟着儿子进了哨所。

屋子里暖融融的,有一股煤炭味和脚气味。凌老四在炉子前坐下,蓝色的炉火映照着他的脸。凌五斗觉得他的脸上像是飘着一层厚厚的烟雾,他还是看不清。

他望着自己的儿子,笑着说:"你看你这个样子,哪够格来当兵啊?"

"我觉得自己还行。爸,你怎么没有回过老家啊?"

"我也想回去,但我的灵魂老是过不了那些河。"

"那我知道了。"

他看到父亲和他一样年轻。是啊,征兵人员对他们都进行了严格的体检。身高要标准,不能是平脚板,不能是罗圈腿,不能是驼背,不能有鼻炎,不能有文身,不能长痔疮,包皮不能太长,不能有疝气,不能阳痿,不能是同性恋,说话不能口吃,内脏要健康,没有梦游症,视力5.0,牙齿坚固无虫牙;此外还要检查听力、验血、验尿、透视,检查有无皮肤病,是否有狐臭……然后是政治审查,祖父是不是贫下中农,有没有参加过反动的会道门组织,是不是在敌对阵营里当过走狗。另外还要没被判处过徒刑、拘役和管制,没有被劳教,没有进过少管所,没有被开除过学籍、团籍、党籍,没有流过氓、卖过淫、嫖过娼、吸过毒、盗过窃、抢过劫、诈过骗……他和父亲都顺利地通过了。他看到父亲穿着绿军装,领章和帽徽红得刺眼。

"爸,你怎么一直骑着红马在白山上闲逛?"

"因为我不缺时间。"父亲微笑着对他说。

"你是说你不朽了?"

"没有谁能不朽,我如果不朽,也是暂时的。"

两人都没有话说了,火却越来越旺。而他的父亲,像受不了那火的热气,形象越来越模糊,变成了影子,最后连影子也消失了。

屋子十分空阔。

凌五斗忍不住走到哨所外面,看了看周围的雪山,又望了望天空,感觉风一阵阵掠过。他希望,在天空与大地之间,真的有无数的灵魂在栖居,而他父亲就是其中一个。

世界如此安详。

他释然了。他真的觉得,生命如果真像一片雪花,从天空或优美或笨拙地飘落,然后不为人知地融化,也是无比美好的。

十一

在凌五斗希望那场病能夺走他生命的日子里,他觉得自己轻松而平静,但过了几天,他的病好了。他这才知道,即使去死,也不一定是能遂愿的。他曾一度烧得迷迷糊糊的,两三天没有醒来,但他还是没有死掉。想死掉的人,你得必须活着;想活着的人,你得必须死去。世界也许就是这样。

在他的病好转后,无处不在的寂寞又降临了,它们在四周重又恐怖地尖叫起来。

这是个无星无月的夜晚,天空中不知怎么布满了铅云。雪光已变得非常微弱,夜,不知是何时充满的。

四周的世界一片死寂,他可以听出大山被严寒冻结时滋滋们。我刚才装了二十发子弹,我打了十一发,一共打死了十一个人。娘的,十一个,我们八九个人,每人干掉十一个,那该是多少?打这样的仗,真是太好玩儿了,根本没有想象的那么紧张。把子弹射出去,看到对手颇不情愿地倒下去,心里可真是痛快。开头当然是有些怕的,是有些不忍心杀人的,但慢慢就有了兴趣……像玩一场逼真的游戏。娘的,他们来了,打!"他的喊叫声沙哑而恐怖,充满了血腥。

凌五斗真的有一种杀戮的快感,他觉得黑夜里已堆满了敌人的尸体,他们一层垒一层,以各种姿势倒伏着。血,冒着热气,无声地流出来,汇成一条红色的溪流,向低洼处漫去,然后冻结了。

凌五斗的眼睛已看不清什么东西,从射击孔灌进来的寒风使他的整个脑袋都麻木了。

曙光的出现,预示着恐怖的夜晚终于过去。他退回到床上。他清醒了——也许是迷糊了,他已搞不清自己是迷糊着还是清醒着。只觉得白天即将来临,他可以入睡了。他抱着枪,酣然睡去。

就在这时,电话铃响了。凌五斗从床上一跃而起,骂了句:"我操!"扑向那电话,像扑向一根救命的稻草。他觉得自己就要爆炸了。他抓起话筒,但又啪地把电话挂断了。

他不由得放声大哭起来。

一会儿,电话铃重又响起,凌五斗虚弱地坐在床上,只管流泪,没有去理。电话铃就一直响着,它破旧的声音像锯子一样撕扯着他的心和神经。"操!"他骂着冲了上去,抓起话筒,咆哮道,"老、子、还、活、着!"

凌五斗吼完,猛地把电话又扣了。电话机在桌子上跳了两跳,摔在了地上,话筒与话机分开了,他听到里面还有喂喂喂的声音。

他看着地上的电话机,心中涌起一股刻骨的仇恨来。他拿起冲锋枪,打开保险,对着话筒扣动了扳机,子弹的尖啸声在这个逼仄的空间里猛地炸开,尖叫着回响,硝烟随之散开来。

凌五斗嘿嘿笑了。

天已亮了很久,天空很新,群山也很新。他感到整个世界都在颤抖,他觉得自己像打摆子一样发起抖来。脑袋似乎已变成了一块几千吨重的钢锭,而支撑它的整个身体又软得像在水里泡久了的面条。他挥舞着铁镐,向铸着厚重寂寞的四壁奋力砍去。他看到了乱溅的火星。那些火星与他眼中的火星碰撞着,然后像焰火样散开了……

他的身体飘浮起来,沉重的头朝下栽去,眼里的火花熄灭,绿色的蛇一样的东西再次爬过来,开始整个儿吞噬他……

十二

今天是几月几日呢?凌五斗的确搞不清楚了。

看着呼呼燃烧的炉火,他觉得它们在笑。"笑什么?有什么好笑的?"他狠狠地踢了那炉子一脚,炉灰飞起来,扑了他一脸。

"六号哨所撤销啦,去你妈的,少骗人!怎么会撤销呢?狗日的雪,你下吧!还有像疯狗一样叫着的风……今天不会是过年吧,今年的年好像是今天,管他呢,就当今天是过年吧。有四五种罐头,驴肉、牛肉在炉子上烤一烤,再舀上一碗雪,在炉子上化了,就当酒。他娘的,这酒蛮不错嘛。冯卫东,老弟,我爸是我们村第一个烈士,你是第二个,先敬你啦,你在你那里过好!第二杯呢,就敬这雪山,你给我一条路,让我离开这里,让我回去,回到哨所去,回到六号哨所去,我这不是在六号哨所吗?哦,我已经回来了。第三杯呢,就敬连长,连长,你新年大吉!告诉你吧,我这四壁全是袁小莲的脸……枪响了,哪儿来的枪声呢?飘悠悠地传来,像飘飞的羽毛。鸟儿有很多羽毛,很好看,各种各样的,它们还有翅膀,可我没有。如果有,我就飞离这里,飞到袁小莲的枕边去,为她唱歌。我原来似乎打过一枪,刚才我又打了一枪,子弹闪着金黄的光,击中了对面那座冰山,击中了它的胸膛。它在痛苦地大叫。第四杯呢,敬我的娘,娘,您儿子可勇敢啦,一个人守了一个哨所,六号哨所,这是世界上十二个海拔最高的哨所中最高的一个。这里不错,您儿子很开心,您再吃一块牛肉,这是距今十六年的一头牛做的。还有这驴肉罐头,从上面写的生产日期看,也有十四年了。这样算来,十四年前的某一天,那头驴可能还在叫还在拉东西呢。这是头老驴,肉有些糙……我没醉,我把这罐头盒踢着,好玩儿,过年嘛,踢着罐头盒乐呵乐呵……"

是什么东西在墙上爬,慢慢地,它们露出了越来越狰狞的面孔,发出了令人毛骨悚然的嘶叫。凌五斗拿起枪,拉开了保险,对着它们,开了一枪。枪声在哨所里发出一阵闷响,他吓呆了。"我怎么能随意开枪呢?"他看着冒着青色硝烟的枪口,像睡着的人突然惊醒了。

他连忙清点子弹,少了三发,只有十七发了。那两发子弹是何时打掉的,他怎么也想不起来。

十三

雪山闪得越来越远。高原像一个巨大的广场,看不出一丝生命的迹象。但在气候较暖和的6、7、8三个月里,很多地方还是会生长出疏浅的植被,形成一片片浅黄色的高寒草原。可以看到紫花针茅、垫状驼绒藜、青藏苔草、小蒿草、冻原白蒿、杉叶藻、藏沙棘、雾冰藜、固沙草,也可看到狼毒、火绒草、凤毛菊、虎耳草、毛茛、紫堇等植物。绝大多数植物的叶面缩小成刺、被毛,植株低矮、茎短、花大、丛生或近似莲座状或垫状。像要在这里生存的人。在那个时节,还可以看到藏野驴、藏羚羊、黑唇鼠兔、高原兔、喜马拉雅旱獭、褐背地鸦、白腰雪雀、棕背雪雀、藏雪鸡、西藏毛腿沙鸡、大鹰、白肩雕、玉带海雕、秃鹫、胡兀鹫、草原鹞、猎隼、红隼、纵纹腹小鸮,有时还能看到狼、藏狐、野牦牛、雪豹、棕熊和猞猁。几乎所有的动物都有丰厚的毛皮以适应寒冷的气候;都长着高冠牙和牢固的臼齿、门齿,长着带肉刺的舌头,发达的前蹄甲,以适应寒漠取食植被的条件;它们口腔宽阔,鼻腔扩大,呼吸和脉搏频数以及血液中红细胞数、血红蛋白含量均较高,以适应较低海拔地带仅有60%氧气的环境;听觉和视觉发达,善于奔跑,以适应开阔、缺少隐蔽条件的生活环境——所以,凌五斗有时就会想,自己驻守在六号哨所,也应该向动物学习,适应高原的生存环境。

这么想的时候,他开始振作。

他看了看那些日子记下的混乱的日记,知道那两发子弹也是被他自己打掉的。

他把电话机的话筒放回到话机上。

这里的煤已剩得不多,罐头及压缩干粮也吃不了多久了。

要战胜这无处不在的孤寂,还是要找事做。

可是,做什么事呢?雪扫了还会有,掩体修好了,会被雪埋住。他看着漫山遍野的雪,产生了一个想法:堆一百多个雪人,为连队的每个人塑一尊雪雕。他为自己产生了这样伟大的想法激动不已,他第一次觉得自己真的高兴起来了。

凌五斗开始行动。他先堆冯向东,再堆陈忠于,再堆徐通……在他堆第三十一个雪人的那天上午,电话铃响了!

他飞跑进哨所,拿起话筒,又条件反射地,像捉到一条毒蛇似的把它放下了。在它第二次响起的时候,他才小心地拿起它,手哆嗦着,好半天才把它放到耳朵边。

是陈忠于的声音!

"你,你是老班长呀?"凌五斗的泪水一下涌了出来,他努力忍住,不让对方听出他的哭音。

"啊,我是陈忠于,你没事吧?"

"没事,没事,老班长,我很好的,我很好……"他终于忍不住放声大哭起来。

"哭吧,哭一哭,会好受些。"陈忠于的声音也有些哽咽。

不知过了多久,凌五斗忍住了哭,说:"你……你怎么……怎么现在才给我来电话啊?"

"我送冯卫东的遗物回他老家去了,我去看望了你娘,她身体很好,很挂念你,叫你一定要好好干,不要给你爸丢脸。然后处理了一些事,又顺路探家。我有好消息要告诉你,你一定要注意听,你能听清楚我说的话吗?"

"能,能。"

"第一个好消息是,我老婆怀上了,我要当爹了!第二个好消息是,上面已决定,六号哨所恢复,它的地位不但没有削弱,还比以前加强了。不过,现在连里的人还上不去,你还得一个人守一段时间,待雪化了些,连队就会给你增派人马。"

"啊,好好好,我一定听我娘的话,还有,祝贺你终于当爹了!六号哨所恢复?这个你在骗人!"

"你想想看,我老哥哪里哄过人呢!"

"那,这是真的啦?"

"当然是真的,是千真万确的!"

"是真的……我相信你不会哄我……"

"你怎么又哭了,是不是有困难,感到坚持不住,受不了啦?"

"的确,我觉得自己好像已死过好几回了。现在哭,是因为高兴……你放心吧,我会坚持住的……对了,今天是几月几日啦?"

"4月21日。"

"哦,都4月份了,山下早就是春天了!好的,我知道了。再过一个月左右,山下的人就可以上山来了。"

"今年开春晚,雪化得慢,所以你要有心理准备。"

"没关系,只要哨所没有撤销……"凌五斗放下话筒,觉得这房间里充满了春天的味道,每一星尘埃都散发着春天的光彩。

十四

自从接到陈忠于的电话,凌五斗就恢复了原来的警惕,并且堆够了一百零五个雪人。它们裸着雄健的身体,兵马俑一样威风凛凛地挺立在哨所四周。有了它们,他觉得自己不再孤独。

堆完"雪兵",雪线已慢慢朝山上退却。

他一直注意着上山的路,希望增援的人能早些上来。

高原一连几天没有下雪,这真是个奇迹。凌五斗站在了哨所上。感觉白山异常锋利,像一柄新开刃的镰刀,随时要收割掉胆敢闯到这里来的任何生命,但他现在一点也不怕它。

5月27日中午,凌五斗终于看到一辆军车像只蜗牛似的朝哨所爬来。他用高倍望远镜看到那正是陈忠于的车。他高兴地跑到哨所顶上,朝他挥手。但陈忠于还看不见他。他一直站在哨所顶上,呼喊着陈忠于的名字,灌了一肚子冷风,喊哑了嗓子,胳膊都挥得酸痛了,到下午3点钟,终于听到了陈忠于的回应——汽车的鸣笛声,但又过了一个半小时,汽车才开到了哨所跟前。

陈忠于疲惫得几乎是从车上滚下来的,他的一双手还保持着握方向盘的姿势,好像他怀抱着一件无形的东西。因为他一下车就紧紧地盯着凌五斗,他没有意识到自己僵硬的双手。

两人都站在原地没动。凌五斗是因为激动,陈忠于则因为惊讶。

"我怎么啦?"凌五斗问。

"你他妈的,都变成鬼了。来来来,你来看看你的样子!"陈忠于说完,快步走近凌五斗。因为要拉他,陈忠于费了好大的劲才把右手臂伸开——左手臂还保持着原状。

"哨所里没有镜子?"

"没有。"

他把凌五斗拉到倒车镜跟前:"你看看你的鬼样子。"

倒车镜里出现的家伙骨瘦如柴,军装又脏又破,结成股的长发披肩,凌乱的大胡子已经垂胸,面孔红紫,眼窝深陷,颧骨尖削,乌紫的嘴唇连门牙都包不住了。

"的确像个鬼。"凌五斗被自己的形象吓住了。

"也不能怪你,去年徐通他们下山的时候就没给你留理发的东西。"陈忠于过来,伸展开另一只手臂,把凌五斗紧紧拥抱住,"我的好兄弟,你还活着,这比什么都重要。"

凌五斗望了望汽车:"你带的人呢?"

"我是来接你回连里的。老实跟你说吧,六号哨所并没有恢复,我当时之所以那样说,是怕你挺不住了。"听陈忠于说完,凌五斗转过身去,再次紧紧地抱住了他。他的泪水流在了陈忠于的肩膀上,他像个孩子似的在他肩头大哭起来,鼻涕眼泪落了陈忠于一肩。

凌五斗就要离开这里了。那一个连的雪人有些被风吹坏了,在已经转暖的阳光照耀下默默地融化着。只有连长因为是最后堆的,加之立在背风处,还完好无损。

在临上车之际,凌五斗对着六号哨所,敬了一个他有生以来最为标准的军礼。

坐在车上,他忍着不回头去望哨所,但汽车来到天堂湾雪峰下面,他还是打开车窗,伸出头,回过头去。六号哨所并不缥缈,而是异常清晰地耸立在雪山之巅,众山之上。

他把手伸向阳光——阳光还是那么冷,但已不那么寒了;天空变得亲切起来,那种蓝色总令人想伸出舌头去舔它;云朵飘动得慢了,像新棉一样松软;没有被雪覆盖的巉岩变得更黑;垂挂在巉岩上面的冰柱闪着光——它想变成水滴了。他知道,积雪已经在开始融化,表面上看不出来,但只要到正午,如果把耳朵附在积雪上听,就会听到水滴在积雪下发出的滴答声;冰河的表面已变得毛茸茸的,冰下也有了流水声;不时可以看到鹰的影子了。高原不动声色,万物悄然变化。是的,高原下的南方已是草长莺飞,而无边无际的北方也已春暖花开,大地生意盎然,一片锦绣。

凌五斗从山下吹来的风中,已经闻到了春天的气息。

寻找回家的路

——一位诗人在某夜的现实与梦境

一

庞大的都市已隐在了噩梦一般的夜色里,斑驳而又零碎的灯火显得格外诡秘,鬼火般,阴森森的,像一片墓地,不时发出几声刺耳的尖叫和疲惫的喘息。

我站在这座九层楼的楼顶,已经很久了。混着腥臊之气的夜风吹拂着我肮脏的衣襟。身后的水泥柱上,栖着一只灰色的不知名的鸟,今天它一直跟随着我,但我从没听到过它的鸣叫。我不知道它的心是否和我的一样,在某个自己毫无感觉的时辰里被突然而临的忧郁和绝望所笼罩。它一定注视着我,因为我的背感到了它目光的寒冷。它像是在催逼我尽快做出决定。水泥柱的铁丝上，晾着谁家的白色被罩，夜风吹得它发出毕毕剥剥的飘扬声，像招魂的幡，又像被生活击败后举起的降旗。

我站在楼层的边缘，下面茫茫的黑暗诱惑着我。只要我的右脚或左脚向前跨出一步，或者身子往前一倾，我就可以感受到赴死的乐趣。我看到天使正微笑着准备接应我。我下坠的肉体的光亮定会照亮一大片暗夜，那死亡的白光定会像闪电一样划破沉睡的一切。而灵魂则定会照亮天国。我的心由激动变得悲怆，由悲怆变得忧郁——那是纯粹的忧郁，连一丝一毫的牵念也没有。我舒了一口气，心情不由得平静了。

我做着决定。夜猛然间一片死寂，我听到了自己的心跳声像擂鼓一样响着。那是生命的鼓点吗？而血流淌的声音则汹汹如大河奔流。我突然想回过头去，我想在我的身后寻到点什么。惨淡的夜色里，鸟像一个影子般停在那里，骨碌碌转着的眼睛寒灯般闪烁着。床罩却静默了，尸布样垂挂着。

我后悔这一次回首，因为它使我的激情烟消云散。而自杀对于我而言，如果没有了激情，是绝难完成的。这使我隐隐感到了悲哀。我颓然地坐下来，心情格外沮丧。我对自己选择的自杀方式产生了疑惑。这样的死也许能让自己在短暂的时间里体味到珍贵的飞翔的感觉，但我击在水泥地上的躯体定会破烂不堪，惨不忍睹，定会让大人恶心，让孩子恐惧。大地虽已束缚我太久，飞翔的欲望虽已折磨我太久，但肉体最终仍是被大地束住，这种选择并不高明。可我已无耐心做别的选择。

我感到鸟用嘲弄的眼神盯着我。但我并不是一个怕死的懦夫。这么想着,心便是欣慰的。那鸟跟随我,似乎便是在监督着我的死。当我在今天清晨看到它时,我感动得哭了。是它让我的生命在最后一个清晨的孤独中感到了陪伴,是它使我内心的伤口得到了一丝慰藉。我觉得这个阴冷的清晨有了一丝暖意……

我不该回念那么多的,我要做的事还没有做呢。但就在此时,从楼下的一扇窗户里泻出了一团橘红的灯光。在黑夜的衬托下,窗内的一切显得格外分明。不知是主人有意疏忽,还是太相信这黑夜,那窗户的窗帘并没有拉上。我看到了一张粉色的大床,看到了粉色大床上苍老的男人和年轻的女人。他们赤裸的肉体纠结着,在粉色床罩的映衬下,发出艳丽的生命的光彩,竟让我觉得那屋里的光亮便是他们肉体的光亮。黑夜的时光似乎凝止着。我莫名地感动起来,不知何时,已泪流满面。

我想着要后退一步,内心里也有一种东西在驱使我那么去做,但我的身体却像浇铸在了那里。身体已被我久有的愿望降伏了,它只有尊重我的初衷。我想,我不能再犹豫了。

我抹了一把脸上的泪。那窗内的一切平静了,他们疲惫地相拥着躺在床上,如一个人一般。他们或许是一对情人,或许是一对夫妻,无论他们是什么关系,我都心怀感激。因为他们让我在诀别人世之际看到了人世的本源。谢谢你们!我感到自己纵身跳入了那已混了稀薄光亮的夜色中。我希望夜色能如水一般浮载着我,把我送到一个遥远的地方。我感到耳畔的风发出阵阵低啸。

二

这时,我感到身后有一团温软的云附上了我的背。它像一团漫长寒冬后的春晖,使我酥痒;又像一缕漂泊久了的灵魂,有一种寻到了泊处的安详。然后,有一双手从背后环抱过来,那喘息的声音带着生命的香甜气息,湿润着我的背,透入了我身体的内部,直至心的深处。

如果要走,就请您带着我。

是一个陌生女人的声音。她像是刚从长梦中醒来,话如呓语。但话语中满是真挚的恳求,那使我的心如受了雨的润泽。

我被疑惑裹缠了。赴死的人的心应该没有恐惧的,因为,死亡既已不惧,就不会怕别的什么。而我却惧怕起来,我惧怕自己会背叛自己的选择。

你是谁?我不知道你是谁。

我充满恼怒地问,声音衰弱、沙哑,像是从死亡之域飘浮出来的。用这样的声音同她说话,连我自己也深感愧疚。

我是谁并不重要,你只是该回头看看远处的晨曦,它像是在召唤谁呢。

我知道夜的深处定有晨曦,可它毕竟只是晨曦,世界上比晨曦更美、更让人留恋的东西多着呢。无论怎样破坏和扼杀,世界仍在呈现着它的美,用它的美完善着苦难的人类的心灵。

你的话说得多好啊!

她的由衷的赞美使我苦笑了一下。我又问,你究竟是谁?

我说了,我是谁并不重要,你现在的选择要么是带着我向前走,要么是后退一步,再后退一步,跟我回家。

回……家……家?可是,我已没有家了,在这世上,最先失去家的总会是诗人。

最先失去家的的确是诗人,但失去的东西还有寻回的希望的。

我摇了摇头,绝望地说,我已找了至少七年,但没找到,我已觉得世上再也没有比那回家的路更难寻找的了。

既然这样,你就带着我往前走吧。她的声音平静得出奇。

我与你无关,你没有必要这样做。请你把手松开,然后离我远些,最好回到你自己的家中,过自己的日子,就只当你自己做了个梦。

这样的梦我永不会做的。我已说了,要么你带着我往前走,要么后退,跟我回家。

我不说话了,也不再动。我的心跳之后便是她的心跳,我的呼吸紧随着她的呼吸。

城市其实骚动着,像一个不安分的风尘女人。

可就在这时,传来了老人的乐声!它徐缓地从夜里传来,我感到那乐声似乎在引导我,往前走,往前走,一直走到某个明亮的中心。

他很多时候都坐在街对面的公厕旁。他是个以乞讨为生的盲人乐师。一般人只叫他"瞎要饭的"。他不仅盲,而且聋。所以他听不见从自己指间流出的乐声,也听不见世界的喧嚣。他靠着心灵触摸那或欢乐或忧伤的乐曲。对于他,那每一个音符都定然是有形的。他看不见这个世界,他也许以为这个世界就是一团黑的,以为世上的人都如他一样苦难。他听不见,也看不见,所以,他自己的一天开始了——他绝对自由地处置他的时光,凭自己的愿望决定着一天的起始。每天开始时,他的乐曲是抒情而欢快的,充满朝气和希望。他的世界似乎总是充满欢乐的。也许他感觉到了自己没有权利把悲伤带给本就充满了苦难的人世,或者那乐曲流露的正是他对人世的希望。

老人又在拉二胡了。她喃喃地说,像在自语。见我没有作声,她又说,他拉得真好啊,自我来到这里,便倾听着他的乐声。

是的,那是我所听到过的世上最真实、最纯正、最优美的音乐,没有一分做作,自己是苦难的人,表达给世界的却不是绝望和悲伤,而是欢乐和希望。我记得原来每当老人的乐声响起,你就会蹲在他跟前,默默倾听,最后,放十元钱在他的碗里。

她见我仍默不作声,继续说。

最后,终于把我拉回回忆之中。而更让我吃惊的是,她知道我每日在倾听老人的音乐。我说,老人是个乞丐,却不靠乞讨为生,他靠音乐,靠知音维持他的生存,但懂他的人太少了。

是呀,你是最懂他的人。

也许是吧。

但你听,老人的乐声有些涩重了。

我听到那乐声真像在呜咽似的。

他定然感到缺少了什么,在这寂静的子夜——他一天起始的清晨,他感到知音没有了。说不定他的乐声是专为你的。

可我从没让他感到过我的存在。

可他感到了。

但他从没有跟我说一句话,也没问我名姓。

可他知道你是他的知音,他一直用音乐与你交谈。

是的,我们是在交谈。

他也一定知道他维持生存的费用大多数日子里是你给的,唉,这以后,老人可更苦了。因为,他从不会用哀伤的音乐来博得人们的垂怜,而人们是要人乞怜,才会给予一点施舍的。

我听见老人此时的乐声更加喑哑,充满了怀念、惆怅和失落,并隐隐含着召唤。很久以来,因老人的乐声而变得快乐的一天的开始,在今天变了,像充满了阴郁。我似乎忘记了一切,猛地转过身去,挣脱了她的拥抱;向楼下跑去,向街对面的老人跑去……

三

我蹲在老人的对面,泪水不知何时流了一脸。我感动疲惫而又虚弱,像是刚从迷乱的梦魇里醒来,又像是刚从漫长的歧路归来。

而乐声给了我力量。

我看着老人。随着乐曲从喑哑恢复到欢乐,老人饱经风霜的脸也由悲伤恢复到了平静。没人愿相信那乐曲是从老人又黑又脏的枯枝般的手指间流淌出来的。

当我站起身时,我有些慌乱,我发现自己已身无分文。

这时,却见一个人弯下了腰,轻轻地把十元钱放在了那个碗里。我看见那双手在错暗的路灯的光照下,显得又小又白。而那黑夜般的长发则水一样从她身后泻了下来,淹没了她的脸。

待她起来,我觉得我并不认识她。她对我微微笑了笑,点头致意。我也心怀感激地看了她一眼。我看见她的脸因充满温善而显得异常地美。

她突然拉了拉我的衣袖,说:"回去吧。"

是楼顶上的那个女人!

"回去……?"我迷惑地问。

"是的,回去。"她说着,拉了我的手。

她的手如此温暖。

我迷迷糊糊的,竟孩子般顺从地跟她走了。

四

她走在前面。我只能看到她的背影。街灯明灭着,将昏黄的灯光投射在她身上,使我感到映照刀子的是远方的晨晖,且觉得那晨晖只照耀着她一个人,其他的事物都无缘领受到它的泽映。

她是个应该被光辉照耀的女人,即使在夜晚也照耀着她,也是不过分的。我在心里说。

被光辉照耀的女人显得多么纯真。我知道这是我强加给她的，因为纯真本只是一种印象。

她的头发披在身后。现在看来，那头发略显得有些金黄。她穿着月白色的长裙，随着她双足不紧不慢地移动，那裙便舒舒缓缓地涌动着，她像是个踏着云彩的仙女。她个儿高且苗条，这使她的背影如清溪般流畅。

她自信地在前面走着，像领着孩子回家的小母亲。她甚至没再回过头来看看我是否还跟着她。

但我已无力抗拒。我不知这是为什么。我像一匹被荒原伤害的既苍老又疲惫的狼，不知面临的会是什么，不知走向的是地狱还是天堂，只是任风，或任那时光牵引着走。

但我的脚步迟疑时，我甚至停顿了两次，可最后还是移动了脚步。

我不知道自己何以能舍弃一切——也许，我的确已一无所有，再无什么可舍弃，却不能舍弃老人的乐声；也许是我潜意识里在寻找一个苟且存世的借口；也许是生命本身对世界尚存留恋；也许是我确已胆怯于死，而老人的乐声正好为我的逃避提供了理由；还有可能是，老人的乐声中确有拯救生命的力量吧。

而老人那些天到哪里去了呢？我记得当我在七天前的凌晨照例从噩梦中醒来，习惯性地看街对面时，那里没一个人影，只有打着旋儿的冷风。老人不在了，乐声也不再响起。在以往，公厕、肮脏的垃圾桶、补鞋的小摊、卖烤红薯人的炉子、贴满招工启事和治疗性病广告的电线杆，以及稍远处高达七十层的酒楼里的纸醉金迷，都曾因老人的乐声而变得美了。可现在，它们又统统恢复了本来丑陋恶俗的模样了。我记得自己当时呆立在那里，感到世界忽地空了，那维系我生命的线断了。我不知道，这一天怎样开始，又如何而终。

那一天，我就在那里徘徊着，徘徊于公厕与垃圾桶之间、小摊与电线杆之间。我等待着老人摸索着、蹒跚着走来，我等待着乐声响起，也等待着乐声宣告那一天的开始。但直到黑夜来临，华灯黯淡，也没有看见老人的踪影。我那时已写不出自己满意的诗歌，已失去了唯，也没有漂泊四方的激情，我好不容易寻到了老人的乐声，而现在，它似乎也已失去。当晚，我做了一个梦。

我梦见我寻找了七年的唯在高楼上徘徊。她穿着一身黑色的雾一样薄的衣服。我隐隐看见她已长大的身体在衣服里精妙地隐现。她的神情像是被一团阴郁的云遮着，看不清楚。她口里发出忽高忽低的呼唤声，像是在呼唤我，又像是在呼唤那个把她养育了三年的老乞丐。声音有几分哀伤，飘飘忽忽的，忽远忽近。我很多次含着泪想答应，但由于分不清她究竟在呼唤谁，所以每次都没有应出声来。后来，她的身影渐渐隐遁，梦境里便只有无边无际的黑，呼唤声也就消失了。梦境里只有无边无际的静。好久，我在那黑中寻找着，却搞不清在寻找什么。我感到自己没有一点重量，像孤魂一样轻飘飘的。我走了很久很久，终于穿过黑暗时，我看见她牵着老人的手，很快地穿过了丛林般的楼群，消失了，唯留下老人的乐声仍旧萦绕着。我的泪静静地涌出来，不久，就淌湿梦境。

第二天，老人没有出现。

第三天、第四天,老人仍没有出现……

他像真被唯领走了。

而我每晚都做那个相同的梦,像是在强调那梦预言着什么似的。

我一天比一天衰弱,不是肉体,而是心灵。

到第七天,也就是今天凌晨,当我从那个梦中醒来后,仍没有见到老人的身影,仍没有听到老人熟悉的乐声时,维系我生命的线断了。我伤心地感到自己徒有肉体的空壳,灵魂早随着诗章、爱情和乐声走了。

我只有用生命来作这最后一句诗,觉着该让自己的肉体逐那灵魂而去。

我从容地洗了脸,整理了一下凌乱的头发,向楼顶走去。

但我没想到她会出现,更没有想到老人的乐声会在那个时候响起。我已不觉得老人的乐声挽救了我,而是在把我推向更深的、无边的、生活的苦海中……

她在开自己的门。门轻轻地呻吟一声,开了。她站住,回过头来,很礼貌地微笑了一下——大概是要用那笑让我感到真诚和热情。她说,我们到家了,你先进吧。

我却站住了。我打量着她,打量着那扇漆成了红色的门。我想,当我抬起腿,跨进那道门后,会面临着什么?因为,她刚才开保险铁门时刺耳的哐啷声还响在我的心头,那声音让我一下联想到了囚牢和疯人院。

我摇了摇头,慌乱地说,不,不不……

你已到家了,这本是你的家呀,快进吧。

不……

我因恐惧而声音发颤。

那我先进了。她说。

我仍然站着。至此,我才意识到不知自己是怎么走进这楼里来的。

她伸过手来,她的手碰到我的手时,我的手像遭了蛇咬似的躲开了。她不好意思地笑了一下,脸上随即浮现了淡淡的红。

我看着她的脸,盯着她脸上淡淡的红,竟有些不相信自己的眼睛。我很久没有见到那因为羞涩而泛出的女性的红了。人类正在失去羞涩,正在丧失羞涩的能力。那一抹红使她显得多么完美呀。我的盯视使她低下了头。当她说,来吧,声音已轻了许多。

我像是被世上一种珍稀的感觉魅惑着,连婉拒也不能了,哪怕是刀山火海,我也只有往门里去。

五

外面的保险门哐啷关上了,然后关上的是红色的木门。屋里有些昏暗。我站着,像进入陌生人家的害羞的孩子。由于这一切都是陌生的,所以我竟找不到一点依靠,这使我显得更为孤独无助。我不自觉地朝靠墙的一个阴影移去,像是要隐藏在那里。

她关了门后,把身体在门上靠了靠,轻轻地出了口气,然后如释重负地说,我们终于回家了。

大概是无意的,她用了"我们",好像我和她是这屋子共同的主人。这平白无故的恩赐使我更加不知所措。我的内心只觉得有些茫然,但我不知该怎样纠正她。

我甚至还不知道她的名字呢。我有些愧疚地想。但我没有去打听,因为这也许并不重要。

她看着我,目光悠悠的。

她在昏暗的灯光里显得魅力无穷。女人是宜于在昏暗灯光中出没的。在黑夜里,她们更成了精灵。

我这么想着,感到在那一片静默里有一种东西在暗暗逼近。这使我慌乱,也使我忧伤。

我微低了头,我看见地上铺着红色的地毯,而自己正站在一个由日月和流云组成的圆形图案之中。这使我放心了些。我就在这个图案里吧,这对于我已足够,甚至是很奢侈的了,但往往,生活给你很多的东西,这些东西用处不大,只是生命的累赘而已。

她说,进屋吧。

我愣了一下,低声说,我已在屋里了。

总不能就站在这里的。她飘然到了我的跟前。我闻到了她的头发和衣服散发的香气。那些香气悠然入了我的肺腑,使我微醉。但我很快觉到了痛苦,像一个戒毒的人不小心又吸了毒一样。我屏住了自己的呼吸。待她走开了些,我才说,我就待在这里。

你说什么?她有些惊疑,但即使这惊疑地问,声音也是柔和的。

我说我就待在这里。

她听清后,灿烂地笑了一下。

不然我就出去。我本不想威胁她,但我怕她使我动摇。我知道女人在这方面的天赋。

她又灿烂地笑了,并咯咯地出了声。她瞟了我一眼,然后歪着头看着我说,大概诗人就是这样坚守自己的吧。

我敏锐地感到了她话里的嘲讽。她毫不留情地继续说,这种坚守多么脆弱,又是多么幼稚,就像一个小孩要守住他用沙子垒起来的城池。

我听了她的话后很难受。我说,我可以和那样的城池同归于尽,不管它是用什么垒起来的,它在那小孩的心中,就是真正的城池。

她冷笑了一下,说,我倒觉得,你该到真正的城池去,并守住它。

这不是诗人的禀性,何况,有真正的、不塌陷不溃毁的城池吗?

所以诗人常做无谓的、天真的牺牲。这也是诗人有时廉价的原因,而诗人和诗歌本应是珍贵的。

说完,她转身朝暗处走去。她显然因为伤心而生气了。

我便站在那个图案里,她好久没再出现。但我听到了她絮絮的讲述。

六

卢,你像是把什么都忘记了,忘记了所有的过去,难道过去的一切真那么容易消散吗?我不相信你真的认不出我来,我不相信你真的已把我忘记。记得我第一次看见躺在那废墟中的你时,就对你有一种亲近感。这也许因为我们都是苦难中的人吧。但我感觉,我曾在哪里见过你。我觉得你有些像我的哥哥,虽然我不知道我有没有哥哥。你知道,我只是一个生下来就被抛弃了的孩子,被一个善良的老乞丐收养,才有幸活了下来——我把那老乞丐叫作奶奶,不幸的是她在我三岁时被汽车碾死了。我认识你时,靠乞讨已活到了十岁。我想,我即使有一个哥哥,我和他也是无缘相识的。但在那乞讨生涯中,我一直梦想有个哥哥,时时保护我,特别是在我容身的废墟中的黑夜来临时。你知道,那里是野狗野猫,以及老鼠和蝙蝠的王国,它们在那里乱窜,在没有月光的夜晚尤其使人害怕。我当时觉得你做我的哥哥除有些大外,没什么不合适的。你那时又瘦又黑,脸色苍白,头发上满是尘土,常常一昏迷过去就好久也醒不来。我非常着急,到处去要钱,想把你送到医院去。好几天过去了,我才要了两元四毛七分钱。最后,我想来想去,也没办法弄到钱。我想到了去偷,可我从来没有偷过,老奶奶在世时,也常常跟我讲,偷是可耻的。但为给你治病,我决定去冒一回险。我在大街上徘徊了很久,也没有找到下手的机会。我只好挤上了公共汽车,我看到了一个又肥又胖的男人的裤兜鼓鼓的。我趁人拥挤的时候,下了手,我紧张得心都要跳出来了。可掏出来的是一沓卫生纸。由于紧张,那个胖男人发现了我,他一把把我拎起来,叫着,小偷!小偷!我害怕极了。他用一只手拎着我,用另一只手不停地揍我的脸和胸,打得我眼冒金星,口吐黄水,最后昏过去。到了下一站,我像一只死猫一样被那个肥猪样的男人扔下了车,我的背和手都摔伤了。但我记得我一直没有哭,也没有乞求。从那以后,我再也不敢想着去偷了。我最后想起了我还有头发可卖,那时我的辫子又黑又长。但跑了好几个地方,别人都嫌我的头发脏,有虱子,死活不收。第二天,我特意洗了头发,洗了脸,找到收头发的小商贩,可他们开价都太低,有的只给五毛,有的给六七毛。为了把价钱卖得高些,我几乎跑遍了全城所有的收购店。因为我知道,那头发是我唯一可卖点钱的东西。最后,有一个小贩愿出九毛钱,但他要齐根儿剪,我答应了。当我摸着自己像狗啃了似的头发,接过那九毛钱时,我哭了。但我一想起这钱能给你治病时,心里又高兴了。我向医院走去,可一问,那挂号费也得十元。我又丧气了。但你的病还没一点好转。我只有怀抱着渺茫的希望继续去讨钱,直到二十多天后,你的病慢慢地、奇迹般地好了,我总共也才讨了五元两角钱。你对我非常感激,你说如果没有我的照料,你肯定早已死了。而我那时已觉得自己真是你妹妹了,我不知道自己什么时候承认了你。我在老奶奶死去以后,第一次感到有了依靠。记得我卖了头发回来的当天,你问我的头发怎么了。我哄你说,嫌太长,懒得梳,找人剪了,另外,也是为了要饭方便,女孩子老受欺。你当时惋惜地说,你的头发很漂亮,长那么长多不容易,我原想等病好了给你梳辫子呢。我安慰你说,以后还能长呢,我的头发长得快。在你的病终于好了的那天,我高兴得哭了,我为自己亲人的康复高兴得哭了。从此以后,你带着我漂流四方。白天,我们为生活奔波;晚上,你就教我识字,给我朗诵你写的诗歌。我当时一句也听不懂,但我喜欢听你那有些沙哑的忧郁的声音。有些诗,你朗诵着朗诵着,就泪流满面;有些诗,你往往朗诵了一半,就再也朗诵不下去了。我不知诗歌何以如此伤你的心,动你的魂。我不知该为你做些什么,只是紧紧地挨着你,帮你揩去脸上的泪。你当时那充满苦难意识的、细微地体察了人世迷茫的诗歌很少有人接受,你寄出去的众多的诗篇石沉大海。最后,你不再把诗稿投给任何一家刊物。空旷寂寥的人世的夜里,只有你的声音在飘荡着,好像那声音成了人世间唯一的、最后的声音。我也许是最幸福的,因为我不懂诗,只懂你的声音,只懂你的泪,所以我能在你的声音的抚摸下,不知不觉地入梦。但不幸的事在我不知不觉的成长中不知不觉地孕育着。当我意识到自己已爱上你时,我自己也不相信。但我不能否定自己,也不能欺骗自己,我觉得那是确确实实的爱。我激动得悄悄哭了。我觉得自己是多么幸运——我才十三岁就已爱上了自己一生中最值得爱的人。而这爱在我十三岁就来临,又是多么不幸,因我那时连表达爱的能力都还没有,我只能将它埋在心中。而爱是多么难以掩埋呀,它像一种生命力极其旺盛的植物,愈是掩埋它生长得愈茂盛,它的根也便扎得愈深。而你对我的爱毫无知觉。自从我的头发长长以后,你就替我梳理辫子,一直如此。所以每天清晨便是我最幸福的时候。我就在你的庇护下,成长着,成长着,十三岁、十四岁、十五岁……

七

我站在那个图案中,她一直在讲述着。我像是在听她讲述她的梦,又像是在听她讲述我的梦。她的一些话勾起了我的回忆,但当我去回想时,又怎么也想不起来。这使我陷入一种似梦似真难以分辨的痛苦中。而她如此细致地了解我和唯的交往,加之她以唯自居,又令我非常烦恼。正在这时,乐声传来了。它把我从混乱的境况中解救了出来。我不顾一切地打开门,朝街对面跑去。

外面还是深夜。但城中像有无数的鸦群在聒噪,各种声音组成了令人难以忍受的、轰轰隆隆的巨大喧嚣。但老人的音乐声把它们统统淹没了。乐声萦绕着城市,使每个空间都被它感染着,使每一件物体都沉醉其间。那旋律使人感到世界原本多么平和而又纯净、舒缓而又欢乐啊。

老人的周围不知怎么围了那么多人,在这深夜,让人觉得有些不可思议。除了老人的脸,没有一张脸是可以看分明的。他们不是来听乐声的,而是被一个又聋又瞎的老人在深夜拉二胡这件事所吸引。他们是由于好奇而围聚在了一起。

我觉得他是装的,他的眼睛并不瞎。

哼!好吃懒做的骗子!

......

他们离开或围观时，大都说着这样的话。

我心里非常难过。不知道是该为他们感到悲哀呢，还是该为我和老人感到悲哀。我对他们恨不起来，只是觉得厌烦。

老人面前的碗是空的，连一个硬币也没有。我惊讶地看见他洗了脸，洗了白发和长须，换了一件虽然破旧但干净的衣服。他的手和脸原是那么苍白，所经历的人间沧桑和承受的一世苦难更加分明地写在了脸上。但他的神情是如此平静而又陶醉，完全地沉入乐声中去了。他感到了我的到来，对我微微点了点头。在那嘈杂的人群中，他凭心灵感知到了我。

我很快被他带入音乐的世界中。我感到清澈的溪流正漫过缀着花朵的绿色草地，草地上彩蝶翩翩，蜜蜂忙碌；漫过草地的溪流淙淙汇入幽涧，叮叮咚咚，且伴有野鸟啼鸣，清风徐徐；溪随山势，弯弯转转，便闻河水哗哗，船歌悠远；乐声渐渐激昂，突然又归于平静，似可隐隐听到月光倾泻在湖面的声音；就在你沉醉之时，乐声的气势突然雄浑，最后竟浩浩荡荡，一泻千里；惊涛拍岸，狂澜翻涌之时，突然又归于平静，断断续续的乐声揪人之心。待终归于寂然无声，正要舒口气时，突然又感到凄凉的秋风正拂着你的脸，那风就那么久久地吹拂着，吹拂着，如哀如怨，如唱如诵，如泣如诉。当那音域重又广阔时，我已走过阴冷的通道，置身于宽阔的草原了。我看到了奔驰在草原上的骏马和缓缓移动的羊群。我听到了奔驰的骏马的嘶鸣和羔羊叫。虽然夕阳正慢慢地笼罩那一切，但它仍显示了人间的富足……

一曲终了后,我感到了生命的曲折,也感到了生命的广阔。因理解了生命的悲喜欢忧而流出的泪终于没能忍住。内心的激动使得身体在阵阵颤抖。但当我把手伸向自己的衣袋时,我记起自己已身无分文。

还是她。她弯下腰,正要把十元钱放进去时,老人摆了摆手,她便止住了。老人又坚决地摆了摆手,她迟疑着把钱收了回去。老人伸出苍白的手来,握住了她的手,也握住了我的手。他的手竟那么温暖,让我感到自己的手被一团春光紧裹着。他对我和她笑了笑,然后把我和她的手握在了一起。我知道,他在祝福我们。虽然他定是把她错当成我的什么人了,但对于祝福我总是应心怀感激的。很久,他才松开了我和她的手。她弯着腰,长发如水般从两肩泻下来,我看不见她脸上的表情,只看见她的手如一枝开放的、对阳光抱有感激之情的白色兰花。她的手久久没有收回,正像一朵花不愿凋零。

她离开时,看了我一眼,但什么也没说,便转身走了。我看着她的身影渐渐远去,最后被夜色所吞没。

我像个幽灵游荡在街上,脑子里除了轰轰隆隆的响声外,什么也没有。我已知道,我的生命现在只有在老人的乐声中才能是鲜活的。那乐声维系着我的生命,一旦离开了,它便像没了水和阳光的植物,只有枯萎下去。

"没有比伴随着刻骨的爱、铭心的恋成长更为痛苦的事了……"这是她的声音,她在继续着她的追忆和讲述。这声音竟如此神奇地穿过了夜和城市的楼群,清晰地传了过来。我耳

中轰轰隆隆的声音没有了,只有她的声音:

　　更何况我不知道该怎样表达那爱,更何况你对此一无所知。我那时已能读懂你的一些诗。我常常读着你的诗稿,忍不住泪如雨下。你还是在每个夜晚为我朗诵你的诗歌,很多时候,我能与你同哭同泣、同悲同忧了。但我已不能偎依你。我坐在你的对面,连你的泪也不便为你拭去了。一旦心中承认了对你的爱,只有得到回爱后,才能有发肤的亲近。我不知你是多久陷入失眠的痛苦中的。在那些失眠的夜晚,在我们露宿的街头,在偶尔栖身的破旧旅馆中,在收容我们的一些好心的农家里,在电影院的巨幅广告下,在立交桥洞里,在稻草堆中,你朗诵着诗歌送我入梦,而你却常常彻夜颂扬着诗歌,或哀苦,或昂扬。我从梦中醒来,看见你冥想,神情显得肃穆和庄严。你的心中彻夜涌荡着诗歌或哀苦,或昂扬,或冷峻,或热烈的激流。你呼唤着它们的到来,它们却折磨着你的灵魂,熬煎着你的肉体。很多个夜晚,我祈祷它们远离你,以让你有一份安宁。但它们仍如期而至。我觉得你像中了魔似的,完全陷入了诗歌的梦魇之中。我哭着哀求你,哥,你不要写诗了,它会折磨死你的。生活对我们是辛酸的,也是冷酷的。有一天,你突然说我们要安定下来了。你对我说,哥这些年对不起你,让你跟着我,四处飘荡,没过过一天像样的生活。哥在这个城市有一个朋友,他能帮哥找一份工作。你出去了半天,回来说工作联系好了,并找了个住的地方。我听了,很是高兴。我们挤了很久的公共汽车,到了郊区一个破败的小院里。你让我在家里收拾屋子,你说你当天就要去上班。在这之前,自认识你以来,我们一直形影不离。我看着你离去,心里涌起无限惆怅。我一直看着你挤上那辆破旧的公共汽车,一直看着那破旧的公共汽车消失在城市的楼群里。

我开始收拾屋子……

叙说突然中止了,像灯光突然熄灭。我诧异地停住脚步,抬起头,才知道自己不知怎么来到了她所居住的楼下。我本是在漫无目的地游荡,连劳累和饥饿也消失了,却不知不觉地来到了这里。当我无法解释这一切时,我宁愿相信是神的安排。我决定去她那里。

我注意到这原来是栋古旧的楼,无论是木制的楼梯,还是那雕琢着复杂花纹的扶手,都留下了无数沧桑岁月的印记,在昏暗灯光的映照下,更显得古远。但它顽强地存在着,且还要存在下去。我费尽了力气,终于到了三楼。我看见她住处的门开着,她倚在门框上,像在等谁。

还有三级楼梯,我停住了。我感到有些不知所措。她看着我,脸上露着浅浅的笑,站直了身子,轻轻地带了几分哀怨地说,你回来啦,我在等你呢。

我又陷入错觉了,觉得她一直把我错当成她的什么人了。

我说,你还不知道我是谁呢,我叫卢萍,是个流浪汉。我是个一无所有的、连灵魂也逃走了的人。我的亲人生活在遥远的、几乎与世隔绝的山区,他们也许已经遗忘了我,可我没能忘掉他们。但我不知该怎么回去,也许是我找不到路了,也许是路拒绝了我归乡的脚步。现在,我流浪的去处也没有了,因为我没有了目标。七年前,一直跟着我流浪四方的恋人突然离开了我,她离开我时穿着黑色的衣服。

可你现在回来了,回来了就好,快进屋,我知道你迟早会回来的。你太像个孩子了,谁也没想到你一去就是七年。你是为理想在受苦,虽然现在人们一提理想就觉得可笑,但它是崇高的。理想害苦了你,但那是值得的;你害苦了我,但我觉得自己受的苦也是值得的。对我来说,为爱受再多的苦,我也是无悔的;对你而言,你从不惧怕因理想而降临的厄运。我第一次看见你像是忘了这里,或是迷了路,但我没想到你会去走绝路。老人的音乐挽救了你。我带你回了家,可你的举动使我的心伤透了。唉,这些都不说了,快进屋吧。她说完,就到了楼梯口,伸出手来拉我。我犹豫着是否把手给她。当我看见她低头抹脸上的泪时,我才伸出了手,她握住,幸福地笑了。

她像个孩子般欢快地走在前面,而我却愈加地糊涂了。

她说,我知道我找不到你,也知道,在你不想回来时,就是找到了你也没用,但我知道你终有一天会回来的——在你终于累了,无处可去的时候,所以我一直在等你。

到了屋里,她去关门。我不知何以又站到了那个圆形图案里。她回过头来见了后,愣了一下,随即笑了,说,你还可以那样。但刀子的笑是僵的,声音也有些颤,神情也有些哀戚了。

我突然意识到,无论她于我是谁,我都没有理由或有意或无意地使她受到伤害。我从那图案里走了出来。

她突然扑到我怀里,痛哭起来,哭声很响,耸动的身子显得更加娇弱。我不知该怎样安慰她,因为她于我,的确是陌生的。我只能说着,别哭,别哭,你别哭!而她却哭得愈加伤心。直到我用自己的手轻轻地抚着她的背,她的哭声才渐渐地小了。

　　我恍然觉得她是唯。那头发的气息、那带泪的神情与唯多么相似,我轻轻地吻了吻她头顶的发,不由得叫了声:唯。

　　嗯。

　　难道她真的也叫唯吗?我更加疑惑了。我不相信地又叫了一声。她仍抽泣着答应了,并抬起了满是泪水的脸,叫我卢。我记起唯也是这样叫我的,我的心颤抖了。她一直抬着满是泪水的脸,期待着。我低下头,吻了吻她明净的额。她却微闭了双眸,唇色因为期待而显得更加鲜艳。

八

　　那是个很长的通道。地上铺着白布,墙壁及通道顶也蒙着白布,隔一段距离,便燃着一支昏暗的白烛,发着惨淡的光。

　　这都是你设计的,我当时反对你这样做,也不想搬进这幢古旧的楼,但你没有听我的。后来我想,一个女人跟她的爱人斗气是不明智的⋯⋯

　　回忆起往事的她显得极为幸福,即使是不愉快的事,也值得她一遍遍回味了。我当时想,生命的很大一部分大概都是靠记忆维系着的。我不禁怜悯起她来。

　　你不辞而别已经七年了,我没有改变这里的一丝一毫,一切都为你保持着……她虽努力装着高兴,但说这些话的时候,声音里还是流露出了伤感。

玄衣白裙的她在前面走着,而我却不知她在说些什么。我对她说的一无所知。她的话只是像在复述我以前的一个梦。但艰辛的生活已使我将那梦淡忘了。她现在提及,那梦倒像影像般渐渐清晰起来。

十九岁那年秋天,我流浪到了北方的一座城市。我那时除了一种幼稚的对诗歌的激情外,什么也没有。我感到了一种似是凭空而临的遥远的神圣,觉得神圣的事物似乎更类似宗教,因此,它总让信仰它的人产生不顾一切地去追求的欲望。诗歌成了我向往的圣地,而要朝圣则需无穷的长路。我以为我的浪迹便是那朝圣的路。我忍受了饥饿和寒冷,也忍受了疾病的折磨。我大部分时候是靠乞讨度日。到了那座城市后,我病倒了,病得很重,有时好长时间昏迷不醒。我缩在一个废墟里,等待着死亡的来临。三天后,一个小乞丐发现了我。和她讲的一样,她那时只有十岁。她没有名字,不知道自己有何亲人,也不知道何处是自己的故乡。我从昏迷中悠悠醒来时,她蹲在我的对面,很脏很瘦的小脸上,露出了苍白的、营养不良的笑。

你病了。她的声音很脆。

我点点头。

你和我一样,没钱去医院看病。

我点点头。

这就是我住的地方,我出去了几天,今天才回来,回来后看见了你。你现在在我家了,不要害怕,我会讨东西给你吃。她说话像个大人,我在她眼里则像个孩子了。

从那以后,她天天为我讨饭要水,维持我的生命,二十多天后,我的病才慢慢好了。如果没有她,我肯定会病饿而死。

从那以后,我们一直结伴浪迹天涯,到过一个又一个地方。十六岁那年,在我给她定的生日的那个夜晚,她向我表白了隐埋在她心中的纯真的爱,我才知道她爱我是那么深、那么挚,我感激得不知该说些什么。我们含泪依偎在空旷的月夜里。我穷得拿不出一件礼物送她,只能送给她一个个满含愧意的吻。我以前一直叫她小妹,忘了她一直没有个名字。当她让我给她起名时,我想了半天,给她起名唯。她为自己终于拥有了一个名字而感到幸福。回到那个破败的小院时,夜很深了,我对她说,等有一天,神灵送给了我一幢古老的房子,一定会有长长的通道,那时,我会用白布装饰它,并在过道里点一支支白烛,待走过了白色的通道,才会是我们温馨的居室,居室里有红漆漆成的楼板,摆着古老的家具,还有一张樟木雕琢的古老的大床。唯听了,高兴地说,一定会有的,那时,我会为你生很多孩子,他们一定会和你写的诗一样优秀。她说完,就抽泣起来,深深地吻我,我也深深地吻她。我们那时谁也没感到一无所有。爱使我们成了世上最富有的人。

我跟着她走到了通道的尽头。她打开了门。我看到了红木地板的屋里摆着古老的家具,通过开启的门,还可看到卧室里摆着古老的大床。

我有些吃惊,疑惑自己走进了过去的梦境中。我愣在了门口。

这都是你希望拥有的东西,这地板、家具,包括那床——那是张樟木雕琢的床,它们都还放在你原来放置的地方。她说。

阳光从镂花的窗户透进来,给温馨的居室增添了一缕缕的明媚。我仔细地打量她。我没觉得她哪一点像心爱的唯。但她是美丽的,脸上透着幸福的羞红。

你坐,看你七年不回来,真像个客人了。她说着,过来扶了我的肩,轻轻地按我坐下。然后,她扑在我怀里,哭着说,答应我,卢,你以后再也不离开我了,再也不离开!不要离开,你要答应我,不再离开……

她温热的泪湿了我的胸,也湿了我的心。

九

刚才那些话招回了你。但愿下面的话能使你知道我是谁。我没想到你竟已认不出我。我开始整理屋子。我们除了你装满诗稿的旧帆布袋外,什么东西也没有。你的那个朋友留了一张铁床、一把缺了条腿的椅子、一张桌子、一个小铝锅和一个煤油炉给我们。屋里其余的便是垃圾和蛛网。我去扫它们时,从垃圾里飞出了白森森的蛾子,它们在屋里乱撞,蝶灰呛得我直咳嗽。我感到很害怕,心惊胆战地打开门和窗户,让它们飞出去。有几个乌黑的、像是刚从淤泥里掏出来的孩子站在门口好奇地看着我。我对他们有一种亲近感,因为我也是又脏又苦的孩子。

收拾好了屋子,我再也没有事做。一个人待着,一点也不习惯,觉得那一天比一年还长。时光像是凝滞的。好容易等到日头西落,想你该在黄昏里归来了吧,可连你的人影也没见到。直到天黑了,你才扛着一大包东西回来。你满头大汗,高兴地说,看我带什么东西回来了。

有什么好东西呀?我问。你先猜。我猜不着,我想先看到,也早高兴一下。好吧,这是你的白连衣裙。你说你一直想给我买条白色的连衣裙。你又拿出一双鞋来,说,对了,还有一双黑色的布鞋,以后有钱了,哥给你买皮鞋。另外,还扯了几尺白布,准备隔一间闺房,以后,你住里面,哥住外面。我问,这得要多少钱呀?你哪来的钱呀?你说,两百元。两百元?我有些吃惊,在那时我的心中,两百元是一笔很大的钱,我长那么大,还没见过二十元钱呢。你把白布挂起来后,让我到里面换上裙子。我高兴地进去了。我闻着新衣服特有的布的香气,觉得像喝了酒一般醉了。点亮了煤油灯后,我脱下了自己的衣服。在暗红色的灯光里,我发现自己的身体有了很大的变化,而以前,我竟忽略了。我在一面破了的镜子里一个部分一个部分地端详着自己。我没想到身体会变得如此美丽,变得连我自己也不认识了。我真想冲动地走出来,把自己展示在你眼前。我流了泪,讷讷地说,这是你的,这是你的……当我换了裙子和鞋,揩了泪走出来,我看见你很高兴。你很少笑过,但那时你笑得格外开心。你笑着,苍白的脸上竟有了红润的颜色。真像个天仙呢,你说。并让我把头发披着。我要你把我的辫子解开,然后为我把头发梳好。

你说我已长大了,该自己梳头啦。你已为我梳了五年的发了,但我要你为我梳一辈子。你那么小心,好像是在解一个千古的谜。我感到有一股股的暖意从每根发端流入我的脑中,告诉你,我爱你。吃了晚饭,你在外间铺了地铺,我躺在里间的床上。没多久,便响起了你的鼾声,劳累使你摆脱了诗歌的折磨,你终于入睡了。我轻轻地来到你的身边,在煤油灯下默默地注视着你,你的安睡让我的内心充满了安详,并涌起了满怀柔情。我没想到入睡了的你的神情也显得如此忧虑,你一脸的沧桑让我心碎。我轻轻地抚着你凌乱的掺了银丝的长发,轻轻地俯下身,用唇轻轻地触着你的脸。我无法忍住的泪水滴落在你的脸上,我嘤嘤地哭泣起来。我守护着你的梦,直到天色微明。从此以后,你为了供养我,总是早出晚归。我要求去做事,你不答应,你给我买了许多书,让我读。那些书让我开阔了眼界,更深地理解了生活和这人世,也让我更加爱你。工作使你慢慢变得壮实,脸色也不再苍白。你似乎乐观了一些。自工作以后,你没再提及诗歌,你不再为我朗诵你的诗作,也不再写诗。好像你从来就不知有诗歌似的,你和千千万万为生计奔波的人一样了。起初,这让我高兴,因为诗歌不再害你了。久了,我又感到一种失落,再久,就很是痛惜了。因它毕竟是你的理想,你为它已付出了那么多,几乎是用生命在追求它,就那样荒废了,真让人难以承受。我希望工作使你的心态得到调节后,你会重新开始。我盼望那一天的到来。但半年过去了,你仍没有提及诗歌。下班后,你常常累得话都不想多说,匆匆地吃了我为你做的晚饭,倒头便睡。我很多次想提醒你，提醒你是个诗人。它虽然充满苦难，但它神圣的光辉因普照了人类而体现着重要的、珍贵的价值。它值得你为它受苦受难，只有它才体现着生命的价值。那是 1989 年夏季的一个昏暗夜晚，在你正要入睡之际，我朗诵了你的诗歌：

  陨落吧，星辰
  让历程遗忘你
  让时光铭怀你
  在悲啸的风中
  让真情凝铸
  在暗夜的深处
  让光明复活……

  闭嘴！谁让你读那些破东西的！撕掉它！撕掉它！你猛地坐起来，没等我朗诵完，就狮子似的咆哮起来。你赤着脚，把我手中的诗稿抢了过去，撕得粉碎。你的头发蓬乱着，眼血红着，脸上的肌肉颤抖着，脸色土灰，神情十分恐怖。我吃惊地瞪着你，害怕地退避着。你太像一匹被激怒的狼了。你看见了那个装诗稿的帆布袋，我一直把它放在我的枕边。你像寻到了要毁灭的目标，一边嘶叫着，全毁了它，全毁了它，一边向那帆布袋扑去。我见后，没命地飞扑过去，把它抢了过来，紧紧地抱在怀里。你争抢着，把我拖下了床。我哭起来，哀求着你，死死地抱住诗稿不放。最后，你终于颓然坐在地上。你的神情哀伤而绝望。

你低声说,对不起,诗意已全被碾碎,还留这些诗稿何用?……我扑在你怀里,一遍遍说,是我对不起你,是我对不起你。你捧着我的脸,默默地用你粗糙的手揩着我脸上的泪。你扶我起来时,我却虚弱得像站不稳了。你扶着我,一直把我扶到床边,替我洗了脚上的尘土后,让我躺下,说,睡吧,哥是第一次这样对你,以后……以后再也不了。我一下抱住了你的脖子,哭着说,哥,我知道你心中积了很多很多的苦,你难受,就对我发泄吧,只是,千万不要堆积在心里,那样,你会承受不了的,它会把你压垮。你只是说没什么,你很好。我不敢再提及诗歌。但我替你把诗稿整理了一份,我决心无论如何要保存好它。从那以后,你又失眠了。你为了不让我发觉,你开头总是假装睡着,然后在以为我睡熟后,便坐起来,一支接一支抽着廉价而低劣的烟卷。你一坐就是很久,往往到了凌晨,也难得迷糊入睡。

+

我一直觉得自己是在做一个梦。如真是个梦,我倒希望接着那梦做下去,且希望永不醒来。因为那梦超越世俗的温馨,又沉溺于俗世的甘美,并蕴含着许多让人向往的预示,特别预示着梦境会更加完美。可遗憾的是,我并没有在梦中,我清醒着,且过于清醒了。

她(我一直只想用这个词代替她,她不愿让我叫她唯)一直把自己作为我的妻子——为我的归来幸福地忙碌着,絮絮地讲述着已逝时光中是怎样地追忆着我们的过去。可我近乎失去的记忆无法证实她讲述的一切是否与我有关。过去在我的头脑中只是一片模糊的印迹,如同雾中的原野。

城市的黄昏已在她的絮语中来临。居室把城市的声音完全隔绝了。可看见窗外次第亮起的灯火,我发现了城市黄昏的美。我第一次有了乐观的发现。特别是那广阔的极富层次的绚烂灯海被镂花的古老窗户所装饰时,它已没有了那虚伪和浮华,它的美显得格外真切朴实。

黄昏是危险的开始,至少对我是这样。如果说我恐惧黑夜的话,黄昏则令我惊悸。因为它是黑夜的前奏,随着它的到来无可逃避的黑夜就不得不开始了。对于别人,他们可以通过沉睡、相爱、交合熬过长夜,而这些,我在夜里都做不了。虽然我不怕死亡,但我不愿让生命在沉睡中死亡,我也不习惯黑夜中的相爱,交合应是在阳光下进行的——因为我觉得我生命的阴郁就是在孕育时没有得到阳光的普照。而现在,我是惧怕这弥漫的温情。这暗下来的光线,这香水的气息,都有些令人晕眩。

唉,我说得太多了,先不说了,你先洗个澡,之后,我送给你一个礼物。你喜欢在木制的澡盆里洗澡,我相信你的这个喜好还没有改变。她从里间走出来后对我说。

这件事我倒记起来了,我曾对唯讲过,我说,在那个古老的住宅里,我们不要任何现代的用具和摆设——用木盆洗澡,用柴火做饭,用蜡烛照明。

我没有拒绝。因为很久以来,我一直在想着洗一次澡,把自己洗干净。我总觉得身上很脏,这使我很难受。无论是死去还是活着，干干净净的总会好些，我感激地谢了她。

我的客气使她不悦，大概这使她感到了我和她之间存在的陌生。

她说，你原来没有这么客气过。说着，她又微笑着说，即使是我第一次见你，把费了好大的劲讨来的剩饭和水递给你吃了，你也没说声谢谢。毕竟七年了，有些生分也许是难免的。好了，快去洗澡吧，水已兑好了。

但我没有找到洗澡的地方。我觉得古宅的结构异常复杂。我转了半天，又回到客厅。

怎么啦？水太凉了，还是太热了？

我没找到洗澡的地方。

她扑哧笑了，说，看你，把什么都忘了，甚至……连我……也忘了！她说后一句话时，充满了伤感。说完后，她引着我，穿过了一间又一间屋子，才到了那洗澡的地方。

漆成朱红色的很大的一个木盆摆在屋子的中央，烛光映着冒着热气的水。她走后，我脱了又脏又臭的衣服，我看见镜子里自己的肉体呈现出不健康的苍白。这是热爱上死亡的肉体吧。但它还不至于显得丑陋。

温热的水沿着我的身体漫上来，我深感自己的肉体舒展开来，不再僵硬了。水里波动着烛光，烛光波动在我心灵里。我觉得自己被温情和烛光浸透着。我忽然堕落地想，要是能永远沉浸其中，那该多好呀。

当裹上浴巾，我觉得身体清爽多了。她给我送来了干净的衣服,我换上后,她把我领回到客厅,说,猜猜看,我要送你的礼物是什么?

我想说,你对我的帮助已够多了,我们初次认识,我不能再接受你的礼物。但我知道,我如这样说,定会伤害善良的人。我只好说,是一沓稿纸。她摇摇头。我又说,是一支英雄牌钢笔。她又摇头。我只好说,我猜不着了。她娇嗔地说,真笨! 然后,把背在身后的一只手伸了出来。

——是一本诗集。

哦,诗集呀,印得真精美。

再看看诗集的名字,看看它是谁写的。

《第四十九声咏叹》……卢萍著……

这是你梦寐以求的诗集,它问世好久了,而你却不知道,现在,人们正传阅这本书……她说着,竟哽咽了。

我的——诗集? 我抬起头,不相信地问她。

嗯,它是你的诗集。她一边抹泪,一边肯定地点着头。

不知她何以哭得那么伤心。

我的手颤抖着,想伸出去捧过它,却没有了那勇气。我说,它……它不是真的,它不是真……真的。

十一

有一天深夜,你坐在那里,悲叹着说,诗歌远去了,诗神,再也不属于你了。那沙哑而绝望的声音真令我心碎,我觉得那声音像垂死的豹的哀叫,又像尸首横陈的战场上仅存的战马的嘶鸣。我发疯般地冲到你的跟前,哭叫着说,哥,诗歌没有远去,它会像夜晚一样,永远忠实地跟随着你。你不要去做那工作了,带着我,我们还是去流浪,你要永远地走在路上才行,那些机械的工作只会抹杀你的才情。我们从来没有害怕过走路,从来没有害怕过生活的苦,我们的生命应是与道路相连的。我现在已害怕这样的生命。走吧,哥,让我们离开这里,走到那路上去。你却只对我安慰地笑了笑说,哦,你也还没有睡着呀,看你个傻丫头,什么都较真。我哭着说,自你找了工作后,就没再提及过诗歌,也没再写过一行诗,这一切都是为了我,为了我能过上安宁的生活。可这样的生活并没有使我快乐,而你,却在牺牲着你的理想做这一切……你却仍故作无所谓地对我说,你原来一直在路上走着,太累了,你自己也想安静安静。诗歌,你终究会写的,你不可能不写它。你最近,就想把真正好点的诗整理一下,看能否出一本诗集,好了,不要担心。说着,就用手轻轻地为我梳理凌乱的头发。我的心稍得了安慰,不再说什么。我在你的怀里不知不觉地入了梦乡。那夜,我做了一个梦,我梦见你和我都赤裸着,在草原上行走。

十二

她终于靠在椅子上睡着了。我坐在离她两米远漆成黑红色的木椅上。她的讲述使我的记忆渐渐清晰了些。我不得不承认,她对往事的追述与唯和我所经历的大致相似,那不似之处也只是我记忆的失误。她是在向我证明她就是唯,而我只是苦笑了一下。我知道我的头脑是清晰的,特别是在这充满温暖的诱惑的夜晚。虽然同情使我好几次差点对她说,你不用说了,你是唯。但我不能对自己撒谎。

我想,她最多遇到过唯,并与唯成了朋友,听唯讲述过与我的经历。她也许被唯的讲述感动了,而凭着女人的天真做出了一个决定:替代唯,寻找我并爱我;而我在失去了唯以后,便决定不再爱谁了,现在我只爱上了自杀。一个热爱上死亡的人,对别的一切无权回爱了。虽然她确有值得人爱的天真和执着。

我只认为她是在做一个天真而伟大的梦,以为爱能挽救一颗绝望的心,并能让那颗心重新萌发对这个世界的诗意。这是何等幼稚的想法。但我承认那位老人的音乐暂时挽留了我。而我又只能目送着老人一步步从衰老走向死亡。可怕的死亡终有一天会带他走。失去乐声的那天也便是我生命的终点,这,我早就想好了。

七年过去了,我只在梦中见过唯。我猜想眼前的女人知道她的下落。而我只期望往事永留记忆之中。回忆比现实更加完美。如今,唯一的期望莫过于她能过上尽量好的生活。

烛泪滴落在烛台上,凝成了一朵凄婉的花。

卢……卢……

她在睡梦中呼唤着我。她的手甚至举起来,无力地挥了一下。我看到她脸上的泪一片晶莹,在橘红的烛光的映照下,如血。这使我觉得有一股温热的激流直达内心深处,在那里激起了难以平静的浪涛。我被感动了。随着她梦中的呼唤,我的心中响起了老人的乐声。那乐声似乎在整个老宅里回荡。我与她素昧平生,她却仅仅听了唯的讲述,便将我铭记于她的心中,并用整颗心爱着我,我意识到了人类情感的不可思议,也意识到了它的伟大和永恒。

我轻轻地走到她的眼前,看见她略有些凌乱的头发和烛光映衬的脸,有一种揪心的凄凉的美。她的眉微微地皱着,睫毛又黑又长,如栅栏般护着紧闭的双眸。鼻尖轻蹙着,丰润的唇上闪耀着小小的亮光,细长的脖子很白,胸口随着她的呼吸微微波动,伸出拖鞋的脚趾从长裙中露出来,显得格外孤单。

我突然想她尽可能是唯就好,但她不是。她只是一个和唯一样美的女人。

当我多年以后仍习惯性地把手触向那发,要梳理它时,手却突然僵住了。我记起了唯在我每次梳理她头发时的幸福与安详;而当我每每使唯不快或伤心时,我道歉的方式便是梳理她的头发,那时,她会慢慢地止住哭,然后静静地躺在我怀里睡去。现在我只能站着,任凭她的泪水在睡梦中流淌。

卢……回来吧……回……回来……

这一次呓语使我心碎。我似乎听见了故园的召唤。她的头发因为她动了一下身子而从一边倾泻在胸前。我轻轻地用手把它捧起来,觉得自己如捧着水流一般。我以手为梳,轻轻地梳理着它。她像得了安慰似的,渐渐止了泪,安静地睡着了。

我重回到自己的座位上,静待着黑夜过去,静待着老人的乐声在子夜或凌晨响起。

十三

那时正是一九八九年的冬天,世界格外阴冷。你突然失踪了,只给我留下了一封简短的信:

> 妹妹,你已长大,哥准备去走一条无尽止的长路,我的灵魂会保佑你。

我当时呆住了,我发现你带了你的诗稿,我知道你会到哪里去。我不顾一切地狂奔着。当我到了凤凰台——那个传说中凤凰飞天的地方,看见你已坐在了架好的柴火堆上,引火的诗稿已在燃烧,白烟正缠着你,火苗正舔着你的衣服。我大喊一声卢,就冲了过来,我不想阻止你的选择,无论生,无论死。我只是想随你走。我抱着你,紧紧地抱着你。你要把我推开,但没有推动。浓烟呛得我十分难受,火在我们身上燃烧。我说,卢……我爱你!我望着你,我隐隐看见金色的光芒笼罩着我们。你冷峻的眼里热泪长流。你抱着我,从火中滚了出来。我们紧紧地拥抱着,都无声地流着泪。我再一次说,我爱你,卢。你吻了我的额和唇。当如血的夕阳满人间,那被焚毁的诗稿的飞灰正被晚风向冷漠的天际卷去。你说你看见一只伤痕累累的凤凰随着青烟向高天飞去。从此,你变得更加沉默。我决心也出去寻找工作,我梦想能挣够出那诗集的钱,来宽慰你的心。我瞒着你走上了大街,但在那城中找一个工作是太难了,费了很大的劲,才在鸿运酒楼找了个服务员的工作。其实,他们是想让我当三陪小姐,我很气愤,转身走了。之后,我当过保姆、清洁工。到十六岁生日那天,我好不容易攒了一千多元钱。而你知道,那天晚上,当我们从月夜里相拥着回到那间粗陋居室时,我决心把自己献给你,然后,我便割断对你的爱,回那鸿运酒楼。我知道,凄美的月光仍笼罩着人间,笼罩着大地万千的梦。有几缕月光洒进了居室。煤油灯泛着柔弱的光,显得格外朦胧。我赤裸着身体,走到了你的面前。我哭泣着说,卢……我再也说不出话。当我投入你的怀中,我小小的身子颤抖得像风中的纤草。第二天,我带着自己保存的你的诗稿,走出了家门。我给你留了一封短信,告诉你两年后到凤台路三号的古宅去取一件礼物和一封信。没想到你七年后才到了这里,你一定以为凤台路三号是不存在的。我也知道,你在苦苦地寻找着我,可我不明白,你为什么一直没有到这里来。我……

十四

她哭泣着,再也说不出话。我不知该怎样安慰她。她的讲述使我不知不觉中已泪流满面。这七年中,我的确寻找过她,去过一个又一个地方,甚至我们初识的废墟。她的出走对我来说,一直是个不解的谜。后来,我自己也绝望了,觉得纵是寻见了她,带给她的也只是苦痛。我一直未去凤台路三号,也是这个原因。另外,在我的意识里,凤台路永远只是想象中的地方。最近两年,我一直在老人乐声萦绕的范围里徘徊。我没想到凤台路就在附近。

我每每记起与她度过的那个夜晚便后悔不已。觉得自己玷污了她的纯洁,玷污了人世里最本真的美,我原是多么希望那朵纯美的花能够在人世间开放得久些呀。而那时,我是多么难以抗拒,我那时才知唯从十三岁起便在爱我。我无法想象她纯真的心所经受的可怕的情感的熬煎,那种熬煎不是一时一刻的,而是时时刻刻的。

至善至美的保持必须承受大苦大痛,而更让人惶惑的是,它根本不可能保持长久。

而为了我诗集的出版,唯竟付出了那么大的牺牲。我记得,当我为寻找唯到达第二个城市时,我在大街上遇见过她,她提着一只很大的黑色箱子,穿着一身黑色的衣服,哀怨地看着我,当我欣喜地走去,她却没了踪影。当我继续寻找唯,来到第三个城市,我又遇见了她,她这次穿一身白色的衣服,仍提着那只很大的黑色箱子,也许是太累了,她坐在街边的木椅上睡着了,当我走过去,椅子空空的,周围也没一个人影。在第四个城市遇见她时,已是冬天,她穿着一件黑色的大衣,长发绾成了一个乌亮的髻,那个黑色的箱子仍提在她的手里。她站在车站的台阶上,从上到下看着我,因是突然相遇,她离我很近,我看见她面容憔悴,脸上泪光莹莹,我急切地呼喊了一声唯,但她马上消失了。当我回到这座城市时,我看见她立在深夜的街头。但我走近时,又不见了她的踪影。

想起这些,当我再看那哭泣的女人时,我想,她也许确实是唯。

唯。

我呼唤她。

她却转身朝里屋走去。

我跟着她。她一直到了那个澡盆前,里面不知何时换成了干净的热水。

好久,她说,我的身体是这样肮脏,它被一次次玷污。但它对那些发泄兽欲的男人是睡着的,只有在你面前,它才苏醒过来……你帮我洗洗,只有你能洗净它,洗净了,我就干干净净地走了……

她一边说着,一边脱着她的衣服。她的肉体因忍受过无数羞辱和蒙满欲尘而黯然无光。

她的肉体于我已不陌生,当我触到它时,油然而生的是一种亲切感,我的泪水滴落在她的肌肤上。她却沉静地不动声色。她一次一次地换水,共换了九次。当她出水芙蓉般站在我的面前时,我感到无比欣慰。同时,也觉到了自己的愚蠢,因为我那时才发现,她本来是很干净的。

我像揩一个初生的婴儿一样揩干她身上的水迹。她对我感激地嫣然一笑。那笑因带了凄楚而显得格外动人。

她问,我干净了吗?

我说,你本来一直都是干净的。

她便低垂了眼睑,轻轻地说,抱抱我。

我抱起她,感到抱着一怀云彩,一绺清溪,她的一只手伸向前方,拿着烛台,为我引路。

你能这样抱着我,到街上去吗?

能。我毫不犹豫地说。

那,走吧,你难道不怕邪恶的眼睛伤害我?

你的身体能使邪恶的心变得纯净。

她笑了笑,说,走吧。

天刚亮,被污染的晨光艰难地透到繁忙的街上,我抱着赤裸的唯走上了大街。

她的手里仍拿着那只红色的烛台,烛仍燃烧着烛光飘忽,烛泪淋漓,让人感到这一切都是被烛光照亮的。她微合着双眸,一脸安详。

刚走进街市时,世界仍是喧嚣的。但随即,城市静默了。一切都为我们让开了道。他们因为惊愕而变得像可操纵的木偶,当我们经过,他们都自动地让开了道;当他们醒过来,便默默地,很有秩序地跟着我们。我们身后很快汇成了一条静静流淌的河。

晨光终于隐遁,烛光仍旧明亮。我们的血脉平静得近乎神圣。不只是我,好像整个世界都在接受神圣的洗礼。

就在这时,她对我说,我不是唯。

你说什么?我有些不相信自己的耳朵。

我不是唯。

那你是谁?

这并不重要,反正我不是唯。

那么,唯呢?

她五年前,自杀了,在你的诗集出来的当天清晨。现在,你也许还不知道,那本原没人愿出的诗集问世后,已再版了七次。她是在凤凰台自焚而死的……

人世静默了很久。我听到一个声音从远方传来,那……那……她一定……一定变成了一只金色的……金色的凤凰!

这时,我听到老人的乐声重又响了起来。我抱着怀中的女人,在乐声中,向凤凰台狂奔而去。

我听见一声接一声咏叹在人世间回响,我隐约看见有一只凤凰在咏叹声中飞升……

1996 年 9 月,塔什库尔干

陀思妥耶夫斯基与荒漠

一

我是四十三天前见到骑兵团团长的。从长沙出发,我们在路上颠簸了四个月零七天的时间。当时感觉自己已变成一堆尘土,聚合不到一起了。我眼前没有别的,只有黄尘。我觉得自己是像尘土一样从"道奇牌"汽车上流泻下来的,我只想和地上的尘土融在一起,有水时变为泥,无水时随风飘——我只想在泥与尘土之间轮回。有人扶了我一把,我依然没有站稳,坐到了地上。地上的尘土随即腾起。又过来一个人,把我架住了。我感觉自己的头脑里塞满了尘土。好半天,我才看清了一个由人组成的方形队列,听到了表示欢迎的掌声。我挺了挺腰,想站直,但我没有站住,我的身体像一个装着尘土的口袋,尘土已接近漏光。

我看到了那个方形队列前,一个人骑在一匹黑马上,嘴巴一张一合的,还不时挥动一下手臂。但我的耳朵似乎被尘土塞住了,听不见他说的是什么,只有一阵嗡嗡的声响,刺激得自己的脑袋疼痛。

他讲完话后,跳下马来,过来跟我们握手。他的手很大、很重。我感觉到了,然后感觉到了烈日炫目,看到了苍黄虚空,看到了大地上的一排树,然后看清了他。他咧着嘴,笑呵呵的,一嘴白牙。我依然被人搀扶着。他的手很粗糙、很有力,像锉。他握得很久,像不舍得松开。

"你是陈木槿吧?"

"陈木槿?是的,我是,首长。"

"哈哈,好!"他似乎有些惊喜,像是知道我似的,又看了我一眼,"一看就是知识分子啊,你喜欢做什么工作?"

我挣脱了两个扶我的战士,站了起来:"看书。"

"你也看到了,我们这里只有荒原,可没有书。"

我想把手从他的手里挣脱出来,但他的手掌像长满了倒刺,我的手一动也不能动。"其实什么都是书。这荒原是书,人也是书。"

"哈哈,境界高啊!那我也是书了?"

"书很多,但值得读的书很少。有些书扫一眼书名,就会生厌,翻都不会去翻的。"

"哈哈,我可不是这样的书,湖南妹子的嘴就是厉害啊。"

我觉得这个团长与我想象的团长不一样。

"你喜欢书,以后有书就拿给你看。"

他终于松开了手。握我手的时候,手是干的,最后手上都是汗,像在水里泡过。

我事后知道,他的名字叫范翼飞。

跟我一同来到骑兵团的女兵有七人,一营分去三人,二营、三营各分去两人。我和从湘潭入伍的王丽芳被分到了二营。据说那是团长特意安排的,按他的说法,是满足我的愿望,去读一读荒原那本书。

骑兵团垦荒的地方叫"白原",其实是一片无边的盐碱滩。士兵们刚到这里时,正值七月,烈日当空,酷热难当,地上却白茫茫一片,以为是积雪,有人惊呼,好大一片雪原!于是,就有了"雪原"这个名字,最后,团长觉得"白原"好听,就取了这个名字。

我来这里的时候,很多地方已被开垦成耕地,最早开垦出来的土地已种上玉米,长势喜人;更多新垦的土地已平整好,表面还浮着一层白碱。这些土地准备在秋天种上小麦。纵横交错的排碱沟又深又直,像反坦克壕。白杨树苗已经成排被栽上,因为过于纤弱,不时被风按倒在地——旷野上的风像英吉沙小刀一样锋利,却感觉不到。更远的荒原上,在有尘土不断飞扬起来的地方,是新的垦荒地。

除了遥远的北边有一列模糊的淡褐色山脉,那是天山的一段,其余三面都一直延伸到灰蒙蒙的地平线上——大地过于平整、辽阔,人和万物很容易被其淹没。

我们到后的第一件事就是问带我们往地窝子走的通信员:"哪里可以洗澡?"

那个士兵看看天,笑了笑:"我们一直是靠天洗澡,得看老天爷多久下雨。"

我和王丽芳一下傻掉了。

王丽芳绝望地望了望天上的烈日:"这里下雨多吗?"

"今年开春后还没下过雨,黄沙倒是三天下一场。"

"附近有河吗?"

"距这里27公里的地方有一条季节性河,很多时候水流不到那里,只有一河乱石头。"

"吃水怎么办?"

"打井,抽地下水,但现在连煮饭的水都不够用。不过,营里正在打新井,修水渠,估计那时候就有水洗澡了。"

通信员把我们带到一眼地窝子跟前,向我们指了指一截白杨木头,请我们先坐。我们坐下后,他端来一盆水:"你们两个人一起用这盆水洗洗脸,不然,都看不出你们长啥样了。"

我们洗完脸,盆里的水已浑浊得跟泥汤差不多。我俩很难为情,怕通信员看到,想赶紧倒掉,没想到通信员在一边盯着,赶紧冲上来护住:"你们不洗脚了?"

我看着那一盆浊水,脸羞得通红。王丽芳也羞得低着头,不相信自己的耳朵："再用这水洗脚？"

"是啊。"他指了指不远处一排新栽不久、要死不活的白杨树苗说，"我们这里的水一般是洗完脸洗衣服，洗完衣服后洗脚，洗完脚后浇树。"

那盆水已映不出日头。我们半天没有动。我觉得脸上很难受，感觉比没有洗的时候更脏了，像糊了一层什么东西，有一种恶心的感觉。我差点呕吐。我说："我不洗脚了。"

王丽芳说她也不洗了。

通信员一听很高兴："那好，我刚好有件衣服要过过水。"他把水盆放好，"你们洗了脸，好看多了。你们是第二批到这里的女兵。第一批是今年3月份来的，5月份和营长、教导员成了家。不过，条件有限，成了家也不能住在一起，平时还是住在地窝子里。"他说着，引我们来到了一眼地窝子跟前，"你们和两位嫂子住在一起，教导员的家属是班长，营长的家属是副班长，原来就她们两人，你们来后，就像一个女兵班了。"

"她们这么快就结婚了？"

"她们还不算最快的。"

我们几乎是同时惊讶得啊了一声。

王丽芳说："她们肯定和营长、教导员以前就谈过恋爱吧。"

通信员憨厚地笑了笑："恋爱？我们这里不兴这个说法，不过，你怎么说都行。"

"那为什么不给营长、教导员每人挖一眼地窝子安家？"

"教导员说，全营八百二十人，就他和营长有老婆，其余八百一十八人都是光棍儿,他们不能搞特殊。"他说完,在地窝子入口处停住了,但仍不忘安慰我们,"现在是有点艰苦,不过以后就会'楼上楼下,电灯电话'了。"

地窝子是从地面向下挖一个四方形大坑,留一个出口做门,在顶上架几根木头,铺上树枝、芦苇,再盖上土就成了。讲究一点的,顶上会用稀泥抹平,会留一方孔洞通气、透光。从地面向下走,是一道一米宽的倾斜通道,那就是地窝子入口。从往地窝子里钻的那一刻起,我就觉得自己变成了某种动物,土拨鼠?准备冬眠的青蛙?狐狸?反正我不再是人类。

地窝子里面有一股由潮味、泥腥味、人的汗味混合而成的特殊气味。入口有一道芦苇编的门帘,可能因为里面住的是女兵,还加了一块布帘。这眼地窝子深四米多,宽三米余,高约三米,入口正对着一条不足一米宽的过道——其实就是往下挖了两尺的一道土沟,左侧是一道约有一尺宽的土台,那是当板凳用的;右侧的土台从门口一直到最里面,那是床,上面铺着麦草。过道尽头有一个更高的土台,就当是桌子了。墙壁上还掏有好几个壁橱,可放杂物。营长的妻子和教导员的妻子睡在最里面,床铺收拾得很整洁。她们出去垦荒还没有回来。

我和王丽芳坐在那道土塄上,傻乎乎地坐了好一会儿,好像没有睡醒。我没头没脑地说了一句:"我们干什么来了?"

王丽芳盯着我,摇摇头。

我说:"也像她们那样先铺好床吧。"

我们打开背包,把床单铺好,把被子叠好,把一些小物品摆在各自床头的壁橱里。我喜欢陀思妥耶夫斯基的作品,为此,我的男朋友刘时专门托人买了一套陀思妥耶夫斯基作品的英译本纪念文集,作为离别的礼物送给了我。这套书一直陪着我。我把它们在壁橱里放好,觉得内心一下充实了许多。然后,我拿出一个小相框,那是他送给我的,里面有他的照片,照片后面有他写的一句话:

槿,永远爱你。时。1950 年 6 月。

我把相框摆正,看了他几眼,幸福地笑了。

王丽芳迫不及待地和衣躺到床上:"哎,终于可以把手脚伸展开了。"她伸了个长长的懒腰,很快就睡着了。

我也躺了上去。麦草很松软,有一股麦草的香味。我习惯性拿出一本书,读起来。那是陀思妥耶夫斯基的《少年》,我觉得我在这里更适宜读《地下室手记》。

躺在地下,人与外界一下隔绝开来,世界出奇地安静。

由于时差的原因,一直到晚上 9 点,太阳还没西沉。通信员在地窝子外叫我们吃饭。饭很简单,就三样:玉米糊、一小碟盐、玉米发糕。

"天天都吃这个?"我觉得不可思议。

"中午有菜汤,有时候煮豌豆、烙玉米饼、烤玉米馕,过节时吃拉面、吃面饼,会买羊买驴,那时候能吃肉。"通信员一边说,一边捡起一小撮盐,撒在玉米糊糊里。

我和王丽芳迟疑了一阵,也端起了碗。

只有通信员和我们一起吃。我看了看四周:"其他人呢?"

"开荒啊,晚上干活凉快。"

"他们不回来了?"

"回来,12点过后吧。"

回到地窝子里,里面很黑。没有灯,我们都在黑暗中坐着,没有说话。

王丽芳突然说:"我吃饭前睡着的时候,梦见老家了,我梦见我妈在喊我回去吃饭,全是白米饭,还有熏鱼。"她说完,就抽泣起来。

我也跟着她哭了。哭完后,我俩又相互安慰,安慰着又哭了。

我不知道自己是多久睡着的。

二

第二天早上,我是被一个陌生的声音喊醒的:"两位新同志,快醒醒,起床,起床!"

我睁开眼睛,地窝子里已有一层薄光。我看到了两个忙碌的身影。她们正利索地穿上衣服、整理内务。我坐起来,才发现自己和王丽芳都是和衣睡着的。

"你们已经是军人了,动作利索点!"她个子高挑,根本没有看我们。

我翻身爬起来,心想,这个女人这么厉害,她是营长的老婆还是教导员的老婆呢？

"床单、被子按我们的样子整理好,任何物品都要摆在该摆放的位置,这叫内务;晚上睡觉前要洗脚,要刷牙,这叫个人卫生;裹着外衣、穿着鞋子睡觉,下不为例!"她依然是一边穿鞋一边在说。

我跟在她们身后,出了地窝子。外面刚有一点曙色。不断有成班、成排的军人从地底下冒出,像荒原一夜间受孕生出来的。集合、口令、报数,班集合成排,排集合成连,然后全营集合在了一起。尘土弥漫,生机勃勃。我懵懵懂懂的,跟在那个女兵后面,也会入了那个方阵之中。

我们的序列属于营部。全营在荒原上跑操。开始谁也看不清谁的脸。每个人脚下都有尘土腾起,最后人像是在云上跑。我们两个新来的女兵最后都掉队了。带头的那个男人没有往后看,但他好像脑后长了一双眼睛。他大声说:"林兰兰,那两个新同志已经跑不动了,带回!教她们练练队列动作!"

"是!"那名女兵接着喊了声,"女兵班,立定!"

我现在知道了那个叫我们起床的女兵就是班长林兰兰,她脸黑、皮肤粗糙,脸型很好看,头发剪成了男人式的,长不过两寸,胸部丰满,身材稍显臃肿,面无表情。

队列动作我和王丽芳一点也不会,随便站住了。

"向后转!"

我胡乱转身向后,与王丽芳相撞。

"跑步走!"

我们被带回了驻地。林兰兰很不高兴。她让我们站好,然后向我们敬了个军礼。

"我先自我介绍一下,我是女兵班班长林兰兰,来自湖南长沙。这个营就我们四名女兵,每天都有八百多双眼睛盯着我们,所以我们的一举一动都要注意。如果我们以后还像今天早上这样,就会被他们笑话。"她说完,把我们每个人盯了一眼,然后目光右转,"陆美珍!"

"到!"另一名女兵向前一步,出列立定,转身面向我们。

"我是副班长陆美珍,来自常德。"

陆美珍长着一张圆脸,头发也剪得很短。她的个子稍矮一些,看上去很结实,她的腰身更显粗壮——我不知道她和班长当时都已有身孕。在得到班长"入列"的口令后,她动作利索地站在了排尾。然后,我们每人走上前,报了自己的姓名、入伍地。

"你们入伍已经四个月,虽然在路上走着,但一路都有老兵,很多东西看也看会了。我们现在的任务是开荒,没有更多的时间来训练你们,很多方面都得靠你们自己。"

她说完后,讲了挺腰、收腹、列队、立正、稍息、转身、摆手、敬礼、齐步走、正步走这些部队随时要用到的队列要领,然后教我们一步一动地走,我们像熊一样笨拙地跟着学。

太阳从东边升起来,荒凉的营地似乎柔美了一些。

其他连队陆续跑步回来。我看到官兵们的军装都很破烂,都是补丁加补丁,甚至有人裸肩露背。看到我们,一些年轻战士不好意思,都往队列中间挤。

吃过早饭,回到地窝子里,林兰兰盯着我的壁橱,喊了一声:"陈木槿!"

我用早上刚学会的军规立马站起,立正站好,答了一声:"到!"

"你这是干什么?"

"怎么啦,班长?"

"你是要显示你能读外国文学？*The Brothers Karamazov*, *Death House's Note*, *Insulted And Hurt People*①, 你还能读英文的? 这照片! 你知不知道,你这是十足的小资产阶级情调! 而你,现在是个革命军人!"她的声音越来越高,越来越尖厉,最后嘴唇都发白了。

我没想到班长也会说英语,发音那么标准。我有些蒙,不知该说什么:"班长……"

"把它们放到该放的地方去,我们不需要这些东西,至少现在不需要!"

"是……"我忙着去整理相框和书。但我不知道哪里是该放它们的地方,只好把它们放进我的提包里。

"这是新社会,该扔进垃圾堆里的东西就不要把它捧在手上。"副班长在一旁强调说。

"难道要我把这些东西都扔掉? 不!"我在心里对自己说。我假装没有听到副班长的话。

---

① 《卡拉马佐夫兄弟》《死屋手记》《被侮辱与被损害》英文书名。

"你们两个平时不用的私人物品在包里放好,可以放在这个大的壁橱里,但要摆放整齐。"班长指了指挨着出口的一间有两尺深、挂着一块白布的壁橱。她的声调低了一点,她似乎想努力平缓自己的语调。

我像获救似的赶紧把自己的提包放进去。

然后,我们领到了自己的武器,但不是步枪、冲锋枪,而是一把铁锹、一把铁锨。

我扛着铁锹,跟随开荒大军,加入了开荒的队伍里。

当时,团里提出的口号是"让死亡之海变良田",营地西边、南边的荒地已经开垦,看上去已像一片广阔的田野。北边的盐碱太重,暂时不宜开垦,于是二营向东面的大沙梁进发。

部队小跑 2 公里,便是沙漠与盐碱滩的交接地带。盐碱滩上遍地是死亡后的芦苇桩杈,经过盐碱的常年浸蚀,不但不腐烂,反而变得异常锋利,一不小心,就会把腿脚刺伤。沙漠则呈现出别样的美——初升的柔和阳光照射其上,一片瑰丽。

部队散开,继续向各自的开荒地域前进。四连距此还有 3 公里。我知道,再往东就是塔克拉玛干沙漠,可供我们开垦几十辈子。

女兵班和营部的官兵一起,行进到就近的沙漠边缘地带,开始劳动。工作简单而原始。我们女兵负责用铁锹把红柳和骆驼刺挖出来,男兵把高处的沙子拉到盐碱滩上。他们使用的是一种简单的工具,就是在一块宽两米、长三四米的木板两头打孔,拴上粗绳,后面三四人向下压住木板,前面几个人则像拉犁一样往前拉。这种工具虽然简陋,但效率高,有时一次可以拉掉一座小沙丘。

在这之前,我很少参加劳动,很快就满身黄沙,满脸的沙尘被汗水冲掉又粘上,已看不出面目。手上满是血泡,全身疼痛,腰弯下去就直不起来,直起来就弯不下去。我们很快就看不出女人的样子了。

好不容易等到中间休息,听到喊声,官兵们往地下一倒,便睡着了。再一喊,又弹簧样唰地弹起,开始劳动。中午沙漠里的气温高达 40 多摄氏度,人像在火上烤着,但每人每天只有一军用水壶的饮用水。没过中午,我的水壶就空了,我和王丽芳差点渴死。班长和副班长口渴的时候,每次都抿一口水在嘴里含着,慢慢下咽。所以直到收工,她俩的水壶里还有水。但她们并没有给我和王丽芳匀一点。

收工时,她说:"你们记住今天口渴的感觉,在沙漠地区生活,水就是命,像你们这样喝水,只会渴死。"

从那以后,我再也不敢大口喝水了。

开荒的时候,午饭和晚饭都是送到工地上吃。真正的休息是吃午饭和晚饭时的半个钟头。吃饭的时候,头发里的黄沙、飞扬起来的黄沙落进碗里,也不管了,如果硌牙,就囫囵咽下。因为太累,很多时候,饭还没有全部咽下去,我已倒头睡去。

几乎每天都要干到晚上 11 点半才收工,回到营地已是凌晨。我们在第一天就已累得没了人形。脸晒黑了,脸上、手上已晒脱了皮,嘴唇干得起壳。身上和头发里尽是沙土,衣服被汗水湿透又晒干,汗碱结了很厚一层。但身体早已累得麻木,对这些已无感觉,也就没有心思去在意了。

三

这样紧张而又劳累的日子每天重复着,过去的一个半月就像一天一样,感觉不到时间的流动。

我连思念刘时的时间都没有了。我想梦见他,没承想最后梦见的却是陀思妥耶夫斯基。

那天晚上,我梦见陀思妥耶夫斯基走在一块泛黄的雪原上。整个风景和人都像一张老照片。他头上戴着一顶解放军的棉帽子,上面的红五角星很醒目——那的确不是苏联红军的军帽——身上穿着俄罗斯那种长到脚踝的毛皮大衣。风把他的大衣下襟一次次往后吹,他的胡子很长,风一吹,就会遮住脸,所以,他总要用手握着。就这样,他的右手握着捣乱的长须,左手揣在衣兜里,腋下夹着两本书。他看上去很冷。我像是和他早已相识——感觉比今生还早。当他在地平线上还是个黑点的时候,我就知道那是他。我们并没有相约,但我不知道为什么会在这里等他。我没有梦到等他的原因。他把那只握着胡子的手腾出来,挥了挥。他嘴里喷出来的热气给他的面孔罩上了一层薄雾,但他的眼睛很明亮。我向他跑去。我能听见脚踩在雪地上发出来的那种声音,还有风从耳边掠过的声音。我扑向他,像一只鸟飞进另一只鸟里。我这才意识到,我穿着解放军的黄军衣,衣裤都有些肥大,裤腿有点长;我头上戴着一顶黄军帽,扎着两条过肩的发辫。军衣和军帽都已洗得发白,肩头和膝盖都有补丁。我们紧紧拥抱着,我的头顶在他的下巴上,他的胡子拂着我的脸,有些酥痒。我穿的是单衣,却没有感觉到冷。他把大衣解开,把我包进去。我们成了一个人。但我接触到的是他赤裸的身体。很热。我抬起头去吻他。我在他茂密的胡子里找到了他的嘴。他的嘴里有酒的味道,可能是伏特加。他的一只手抚摸着我的发辫。他腋下的书掉到了雪地上。我的手抚摸着他干瘦的胸脯、干瘪的腹部——他是流放归来,还是依然被流放着?我对他充满怜爱,我是那么爱他。我想把自己献给他。是的,我很想。我们倒在雪地上,雪是热的,那么松软,像新棉絮一样。他的胡须盖住了我的脸。一只鸟飞进另一只鸟里,不停地飞进去……温柔而有力地飞行……一切都是彼此的:翅膀、羽毛、爪子、心肺、每一个细胞……

天空和雪原仍是老照片的那种暗黄色,我们也是,像是历史的一瞬。

当我们彼此变得像无风的雪原那样平静时,我发现他的身体异常苍白,他看上去那么衰弱。

他坐起来,有些忧伤:"我还得回去。"

我也坐起来。我看到我们的衣服凌乱地扔在十几米外的地方,好大一片雪地被我们撕烂了。

我问他:"你能不回去吗?"

"不能。"他用手整理我凌乱的头发,想把它重新编好,"你的发辫,看上去像艺术品。"

"你的胡子也可以编成辫子。"

他笑了:"那会很滑稽。"

"我编个试试。"

他把我抱到他的怀里,面对着他。我们赤裸的身体都很热。我编着他的胡子。才编了一半,滑稽样就出来了,我笑了。我的双手搂着他细长的脖颈。我听到了他的喘息声。他吻我,把我全身吻了一遍。我能感觉到他嘴唇的战栗。

一片更大的雪地被我们撕碎……

"我没有什么带给你,只有我写的两本书,《死屋手记》和《被侮辱与被损害的》。"

"这是最珍贵的礼物。我有英文版的。"我侧躺着,看着他。他也侧躺着,与我面对面。

"我真的得走了。"他伤心地说。

"我跟着你去。"

"不行,那过于遥远。"他说着,站起来。

我看着他赤裸着身体,向远处走去,越来越小,最后融入苍白的雪原。

我哭起来。我认为他不可能再回来了。

我是哭醒的。我满脸是泪。因为害羞,也因为激情尚未消退,我的脸发烧,身体也是。

是的,那梦那么真切,我嘴里似乎还有他嘴里的伏特加味道,他的胡须还让我的脸酥痒,他留在我身体里的战栗还在,像电流一阵阵袭来……

我怎么会梦见你呢,陀思妥耶夫斯基?

我觉得这梦太不可思议了。我的身体有那种被掏空了的感觉,飞扬的灵魂还没有回到肉体里。我的身体有些酥软,它带着太多的爱意,近似无穷。

我试着慢慢坐起来,靠在土壁上。

夜很静。有风从地面上掠过。明亮的月光从门帘的缝隙里透进来。哨兵的脚步声从地面上传来。战友们睡得很死,班长的鼾声有些响。不知道是什么虫子在地窝子门口偶尔叫两声。

我还是第一次做这样的梦。我认为我的童贞已完美地献给了陀思妥耶夫斯基。我突然意识到,我对不起男朋友。我想读放在壁橱里的陀思妥耶夫斯基的书,如果不能读,在手上翻一翻也行。我忍着。我躺了大约有半个小时的时间,终于没有忍住,便偷偷爬起来,怀着一颗紧张而又沉醉的心,来到了壁橱前,像个小偷似的,异常小心地拉开了自己的提包。从书的厚度我就知道,它是英文版的《死屋手记》。我闻着纸的气味、油墨的气味、带着陀思妥耶夫斯基气息的文字的气味,我把它们吸进肺腑,像吸食鸦片,然后,我在手上小心地翻阅着。

"陈木槿,你在干什么?"班长不知怎么醒了。

我吓得书啪地掉到了地上。"班长,我……"

"你怎么啦?"她的语气听不出睡意,很是清晰,很是警惕。

"我……我来月经了……我找纸……"我终于撒了谎。

"你十多天前不是刚来过吗?"

"失调……"

"难道你要撕你的书本不成?"

"我没有草纸了。把你弄醒了,真是对不起。"

"我不是被你弄醒的,而是一个军人的警惕性让我醒了,我刚才就听见你在哭。"

"我做梦了,梦里哭了,然后就醒了,醒后发现自己身体不舒服。"我把书捡起来,赶紧放进提包里,摸索到了笔记本,撕了两页。

"你是个军人,怎么能做哭的梦呢!"

"班长,我……"

"好吧,收拾好了赶紧睡。明天还要开荒会战。"

"是,班长。"

我回到自己的铺位上,小心地躺好了。我听到班长的鼾声已经响起。

四

没有想到的是,不久之后,刘时也参军进疆了。他比我高两个年级,已在大学当英语教师。他一直反对我当兵,为此我们差点闹翻了。我们好久没有说话。但我离开长沙时,他还是送我来了。他流了泪。但我当时一滴泪也没有流。

一些日子没见,他瘦了。我安慰他说,爱是没有距离的,爱能将长路变短,将远方变近。他只一次次说让我保重。

我参军时,是瞒着家人的,所以除了他,没人来为我送行。我怕家人知道,阻挠我进疆,所以希望尽快离开长沙。火车一开动,我就放心了。他站在站台上,像个被人遗弃的大男孩。他追着火车跑了好远,差点摔倒。看着他的身影越来越小,我才有些伤感起来。

故乡的春天从车外不断掠过。有些人在哭泣。但没过多久,离别的气氛就被革命的豪情替代了。

他给我的礼物是用一块湘绣特意包裹好的。我小心地打开,是哈珀柯林斯出版公司下属的柯林斯精装书出版公司为纪念陀思妥耶夫斯基诞辰一百周年翻译、出版的一套选集,出版时间是1921年8月,封面是小羊皮的,书名和陀思妥耶夫斯基的姓名都烫了金。里面还有一封信:

亲爱的槿:

这些天我非常痛苦。这种痛苦我还从来没有体验过。想到要和你分离,我就心如刀割。我觉得我已经是个没有血的人,因为它已经流干了。

你是个温柔而理智的女子,这是我如此爱你的原因。但你前次想参军入朝,这次又想入伍进疆,我感觉你的理智一点也没有了,你义无反顾,不顾一切,像是变了一个人。

我现在依然认为,这件事你是热情盖过了理智。我们要贡献国家,有很多种方式。国家已经建立,用我们所学到的知识教书育人,无疑更适合我们,更能为国家服务。

我知道,现在没有任何时尚能盖过革命的时尚,所以,你执意要去,我也毫无办法。

但即使上刀山下火海,我也愿意跟随你。我这次本想跟你一起走,但我不能像你那样不顾一切。有些事还必须由我来做。我要先去拜见伯父伯母,安抚他们。他们非常爱你。我不知道他们得知你不辞而别的消息,会多么难过。我是你父亲的学生,你父母视我如己出,我会好好安慰他们,请你放心。另外,我如果要走,也得先给学校和我的学生做一个交代。

你应尽快写一封信给你的父母,这比什么都重要。

我知道,从去年下学期开始,你就在研究陀思妥耶夫斯基,我知道你喜欢这个作家。我也喜欢。他总能洞悉我们内心的现实,无论我们身处哪个时代,哪个国度。所以,我特意为你买了这套书。它是我四个月前托香港一个朋友,辗转从伦敦带回来的。我让他专门买了柯林斯精装书出版公司 1921 年的版本。这原是我为你生日准备的礼物,原想在你生日那天送给你,现在,你的生日只能在西进途中度过了,我已不能在你身边为你庆祝,所以提前送给你。

我不在你身边的这段时间,先让这套书代我陪你。我希望有它陪伴,你走到任何地方都不会寂寞。

无论你走到哪里,我的心都会陪伴在你身边。

上路后,请随时给我来信。我不能没有你的消息;到军营后,也要速告你的地址。

送行的时候,当着那么多人的面,你不会让我拥抱你。就在信中拥抱你吧。我多么希望永远拥你在我怀里。

我是多么爱你,槿。

时,即日

我的眼睛不知道是多久变得潮湿的,但我依然忍住没有落泪。

我翻开《死屋手记》,纸张细腻,版式庄重,每一个字母都印刷得很清晰。他是约翰·福斯特从俄语翻译成英语的,熟悉英国文学的人都知道,福斯特是英国最权威的俄语文学专家。我的手轻抚着书页,眼里的泪使我看那些文字都是朦胧的。我在每一页看到的都是他忧伤的面孔。

四个月的漫长旅途,因为有了这套书,我觉得很充实。但我带着这套书在路上读,也过于引人注目,但我还是忍不住。英文书有一个好处,一些人见我看书,就问是什么书,我可以随便告诉他们一个书名,一些想借书看的人一看是英文的,也会作罢。

五

我到喀什后才知道,我和刘时的爱被千山万水所阻隔。我甚至觉得,即使因为爱,我也不应该来这里,应该永远在他身边。路上走一程会休整几天,在西安、兰州、迪化[①]还进行了政治学习。这期间我都给他写了信。到喀什分到骑兵团后,马上就进

---

① 迪化:现乌鲁木齐,后同。

入荒原开荒,时间很紧,所以信很简短,像一份电报,内容我至今记得:

亲爱的时:

我已抵部队,行程数月,可谓长征,幸有你所赠之书相伴,再远之旅途亦不觉远矣。

部队现驻喀什某处,在一名为"白原"之地。

我一切均好,虽劳累,但为建设新新疆,故感觉非常充实。

时刻念你,请来信,地址附后。

槿

7月17日

他就是收到这封信后毅然来疆的。开头分在迪化八一学校教书,但因为我的原因,他要求来到喀什。

他当兵来疆的事并没有告诉我,所以,直到他来到喀什我都不知道。

那天,全连回到驻地已是凌晨。太累了,我感觉我的身体早已散架,胳膊、腿、耳朵、脑袋、五脏六腑丢得一路都是。就在我机械地回到地窝子,倒头想睡时,通信员叫我到营部去,说教导员找我。

营部也在一眼地窝子里,面积要大一些,一盏马灯散发出的橘黄色的光,从地下透出来。教导员这么晚叫我,会有什么事呢?我心里很是忐忑。

我在地窝子入口外喊了一声报告,教导员在地下说了声进来。

那个铺着绿色帐篷布的土台子边坐着教导员。一个军人背对入口站着。从还比较整洁的着装上看,这是一个刚来的新兵。我又看了一眼他的背影,觉得有点熟悉。但我没有在意。我没想到他会是刘时。

"教导员,请问您找我有什么事?"我站在那位新同志后面几步的地方,问道。

他指了一下我脚边的土墩子:"坐。"又对那位新同志说,"你也坐。"

就在那个时候,我觉出那个站着的人像是刘时。这时,他刚好转头看我。真的是他!

"刘时,你怎么来了?"

"我今天下午刚到。"他边说边在我对面的土墩子上坐下来。他说完,就惊讶地盯着我看。我知道,我的脸又黑又糙,面颊脱皮,嘴唇干裂,头发干枯,衣服上已有好几个补丁,浑身灰土,满身疲惫,带着汗臭味,原来那个女大学生已变成了一个刚从泥土里钻出来的、像跟土地打了一辈子交道的贫苦女人。

他也变黑了。他把头抬得很高,故意把脖子梗起。可以感觉出,这里的一切都让他觉得不可思议,难以理解,他显然还难以认可这里的一切。

教导员看了我们一眼,抽了一口莫合烟,说:"看来你们的确认识。"

地窝子里顿时充满了莫合烟那种独特的烟味。

"是的,我们已经订婚,但她听了部队的宣传,到这里来了。"他说。

我们虽然在谈恋爱,但并没有订婚,我不知道他为什么要这样说。

"哦,只是订婚,你们还是没有结婚嘛,新社会,即使结婚也有离婚的自由嘛。"教导员还是笑眯眯的,"陈木槿同志是为了建设新新疆,主动要求入伍进疆的,刘时同志,你又是听了谁的宣传到这里来的?"

"我不听谁的宣传,我是为了爱到这里来的。"

"这也是个不错的理由。我不管你是什么原因来到这里的,你现在已经是个军人了。"

"不,我自认为我现在还不是。我听说这些女兵征召来是分配给你们这些军官当老婆的。"

教导员猛地站起,用力拍了一下土台子,虽只有一声闷响,但力道很大,灰尘腾起老高。

"你是谁?谁给了你这样对我说话的权利?"

"我叫刘时,一名刚入伍的普通士兵,我自己给了自己表达意见的权利。"

教导员的脸已被刘时气白了,他把另一只手上的莫合烟猛地扔到地上,火星乱溅,然后他用脚猛地把烟踩灭,他的脚尖竟把地面踩出了一个坑。他咬着牙说:"这些问题你跟组织说去!"

我很害怕,想阻止刘时再说下去。但他根本不理我。

"您作为教导员,不代表组织吗?"

"你跟上一级组织说去!"

"我会去让他们跟我解释的。"

我赶紧插话:"教导员,请您不要生气,他刚到部队,对部队的很多东西都不懂。"

"好吧,你们也算见面了,已经很晚,你回去休息吧。"教导员对我说。

我站起来,举手敬礼,然后转身往外走。

我刚走出地窝子,就听见教导员在喊:"通信员!"

守候在出口的通信员大声回答:"到!"

"带这个新同志回他的地窝子休息去!"

"是!"

我看见通信员低头钻进了地窝子。我没想到,我们的见面会是这样。

那天是个月圆之夜,月光照在厚厚的灰土上,显得很肥腻。

我很为他担心。他今天和教导员说话的口气带有明显的抵触情绪。我心里也很难过。我想和他说话,我有太多的话要跟他说。我想他也是。但在当时,我是一个女兵,他是一个男兵。我们还都是新兵。我们只能说是"同志"。这个关系之外,其他的关系都是被忽略的。这个我已知道。而他对军纪还没有多少认识。他以为他跟教导员说话还可以像在大学里和系主任说话一样。他以为我们还能像在地方一样卿卿我我,花前月下。

我害怕他看见我,快步走进了地窝子里,听到他的脚步声朝东边走去了。那是一连所在的地方。他踩在地面上的脚步很沉重,两只脚都像坠了铅。

六

没有人提及婚姻的事。甚至连班长和副班长的婚姻也没有人说。她们和营长、教导员是怎么结婚的,多久结的婚,真是组织安排的吗?我都不知道。她们也不像结了婚的人,她们没有家,甚至从来没有人看到他们在一起待过。她俩就是战士,在大家眼里,她们和营长、教导员的关系也就是战士和干部的关系。有一眼地窝子是空着的,据说是营里的招待室,供来往官兵临时住宿,据说营长和副班长、教导员和班长有时会分头在那里相会。但我们从来没有感觉到过。他们的情感似乎可以靠满是黄沙的空气和风来传递。

他们可能在我们熟睡时相会,也可能在沙尘飞扬、昏天黑地、不能出工的时候。但无论怎样,她俩都先后怀孕了。

对于组织安排教导员与班长、营长与副班长的结合,战士很少有意见。他们唯一的意见让我有些吃惊,他们觉得组织给营长分配的老婆配不上营长,认为应把分给教导员的老婆分给营长。这是因为他们一直跟随营长出生入死,而教导员则是半年前才从机关下来任职的,他们对营长的感情自然很深。在战士心中,组织都是那些搞政工的。所以他们认为组织徇私了,给原在组织股工作、本来就代表组织的教导员分了一个过于好的老婆,还说教导员在组织股的时候,就给自己物色好了。

教导员虽然每天也在荒原上滚爬,但跟其他官兵相比,还是过于白净了。我觉得班长配他是比较顺眼的,组织也一定这么认为。营长则是个矮个子,因为是骑兵出身,腿有些罗圈,就显得更矮了。营长喜欢骑在马上,所以组织让他第一次和副班长见面,他就是骑着马,且在马上一直没有下来。对于组织分配的这桩婚姻,副班长一开始是不同意的,但看到骑在枣红马上的骑兵营营长,就像看到了下凡的天将,再没有说什么。在组织给他们在地窝子里举办婚礼前,他们还见过一面,营长还是没有下马。他在马上,副班长跟在他身边,也就到他膝盖那么高。他们走了有五里路,从一块玉米地条田的这头走到了另一头。

"我三十一岁了,还是第一次跟女人在一起走路。"他眼看着前方一朵灰白的云说。

她心跳得很厉害,说不出话。

"组织把你分配给我当老婆,你心里肯定不愿意。"

她更害羞了,有些窒息,仍只是走着,觉得脚有些发飘,像不是踩在尘土上,而是在腾云。

"组织上定的事,你如果不愿意,可以不答应。"

"我……我服从……"

"真的?"他高兴得差点掉下马来。

"我喜欢你……的马……"

"唵？"他有半刻钟没有回过神来，然后哈哈大笑起来。他个子那么矮，声音却那么高！数里之外都可听见。

"那你上来骑一骑。"

"我？"她望着他，她仰着的脸很好看，"我不敢。"

"这有什么好怕的！"他说着，弯腰，俯身，一只有力的、铁钳似的手臂揽住她的腰。她还没明白是怎么一回事，身体已离开地面，她吓得刚想尖叫，营长已腾出马鞍，坐到了马鞍后光溜溜的马背上。

结婚时，营长不得不下马了。下马后，她发现他和自己一样高。瘦得浑身只剩下一副筋骨，一张脸粗糙得跟胡杨树皮差不多，手则像一对老鸡爪。他只有一个半耳朵，左耳在与日本人拼刺刀时被削掉了一块，同时被削掉的还有脑袋左边的一块头皮，留下了一块发亮的、只有稀疏毛发的疤痕。她不记得自己当时为什么没有发现。他看上去比教导员还老。他虽然在识字班待过，也就会认些数字，会歪歪扭扭地写出自己的名字。他嗓门大，爱哈哈大笑，打仗、干活不要命，战士们喜欢和他在一起。

她们已有身孕的体态显露出来后，整个营地都有些骚动，是那种一个家族终于有后的欣喜的骚动，从士兵到军官都是如此。但士兵中，我们四个女人除外。在这个问题上，男人是一伙的。我们是他们的女人，这从他们看孕妇的眼神，从他们窃窃私语的样子就可以感觉出来。而我们与这件喜事无关，只是这件喜事的载体，像盛红枣的筐子或装喜糖的盘子。

林兰兰有一天突然哭了。她从那以后就老是落泪，但问她为什么哭,她从来不说。即使副班长问她,她也只说身体有点不舒服。她突然变得有些忧郁,很少说话,对我们也不再那么严厉了。她拼命干活,有几次还从高处往下跳。有一天,她突然骑上一匹已变成耕牛的裸背战马,猛跑起来,好多人脸都白了,也知道她为什么要那么做。幸好营长身手快,他飞马上去,把她从那匹跑着的马上抱了下来。

她受到了严厉的批评,被关了禁闭。她就被关在那间招待室里。因为地窝子没有门,其实也不是关,她是自觉地把自己囚禁在那里。我们每天都去看她,安慰她,但她不说一句话,只是流泪。

三天后,副班长去接她回来,开了班务会。说班长不愿意怀革命后代,怀上之后想通过各种方式来流产,思想有问题,发动我们对班长进行批评。我们也只能说班长做得不对。怕班长再出什么意外,要我和王丽芳轮流看着她,若她出了什么事,我和王丽芳要负责任。

从此之后,我和王丽芳就接受了这个新任务,很多晚上,我会突然惊醒,看班长在不在。

她们的肚子挺起来后,女兵班不用再去开荒,而是做些杂活,比如播种、施肥、引水、浇地、薅草,或者帮厨、送饭。活儿轻松了许多,累弯的腰身也能挺起来了。为此,我和王丽芳打心眼里感激她们。

副班长个子娇小,很快就显怀了。她不干活的时候,总会用左手扶着挺起的肚子,右手叉在腰上。她不呕吐,也很少有难受的时候,整天喜滋滋的,母性的光芒不时从她身体里散发出来。班长还是不笑,很少说话。她不再有表情,她的脸像是泥塑的。她看我成天紧张兮兮地盯着她,有一天就对我说:"你不必这样,我不会给你们增添麻烦的,我该做的已经做了,我不会再去做了。"她似乎已经认命。但我还是不敢马虎。

有一天,班长突然跟我说:"木槿,我想看看陀思妥耶夫斯基。"

我有些惊讶。我问:"你想看哪一本?"

她说:"只要是陀思妥耶夫斯基的,随便哪本都行。"

我去拿书。她说:"这里哪能看?明天你偷偷带上。"

你想象不到我当时有多激动。当天晚上我失眠了。班长却睡得很好,我听到了她均匀的鼾声。大概到换第三班岗的时候,我才迷糊睡着。非常神奇的是,我再次梦见了陀思妥耶夫斯基。他坐在我们的地窝子里,看着我。地窝子的门帘没有拉上,地窝子里填满了朦胧月色,一道锋利的月光打在他的身上,把他从脚到头劈成了两半。而我和班长什么都没有穿。不知何处来的光聚焦在我和班长身上,灯光柔和。班长侧卧着,蜷成一团,躺在我的一侧——她本来躺在地窝子的另一边。她的脸变得很黑、脱皮,但在睡梦中显得很是沉静,看上去真美。她的胳膊经过了这么多繁重的劳动,已变得粗糙了些,但看上去还是那么柔软。她的乳房已变得饱满丰盈。她的腹部像一枚果实,肚脐原是凹下去的,像一个精美的旋涡,现在已经鼓凸起来,像一枚瓜蒂。这枚果实似乎与她未成一体,似乎与她无关,她只是不得不抱着它。她的盆骨已开始变化,已显得更为圆满。陀思妥耶夫斯基满眼爱怜地望着她,像望着他笔下的娜塔莎①。而我却仰躺着,毫不掩饰地把肉体呈现在他面前,一点也不害羞。我的脖子和脸、手和脚被晒黑了,与我身体其他白皙的部分形成了反差,好像那些部分不属于我。我希望他不要把我也看成他笔下的人物,涅莉也好,还是娜斯塔西娅·费利波夫娜②也好。我只愿意做他的情人。即使把我这已变得丑陋的脖子、脸、双手和双脚剁掉,我还有我自认为很满意的肉体。

我在梦境中那么大胆,令我忧心,我想让梦中的自己不那样想,不那样做,但我没有任何办法能做到。我管不了梦中的陈木槿。

从陀思妥耶夫斯基的朋友里森坎普的描述中可知,即使他二十岁时,也不是一个英俊的青年。他有一张胖嘟嘟的圆脸,微微上翘的鼻子,浅栗色的头发,大脑门,眉毛稀疏,深陷下去的灰色小眼睛,几乎发灰的隆起的嘴唇,长满雀斑的苍白脸颊,病恹恹的神态。但我如此爱他。他的文字重新塑造了他,把他塑造成了世界上最伟大、最完美的男人。是的,陀思妥耶夫斯基,我爱你,爱你光秃发亮的前额,爱你深陷的眼窝、忧郁的眼神,爱你花白的胡须、抿紧的嘴唇,爱你肩扛人类苦难时基督一样的表

---

① 娜塔莎:她与涅莉均为陀思妥耶夫斯基长篇小说《被侮辱与被损害的》中的人物。
② 娜塔莎西娅·费利波夫娜:陀思妥耶夫斯基长篇小说《白痴》中的人物。

情……

陀思妥耶夫斯基似乎没有被我的爱打动。他看看班长,又看看我,像是在疑惑他笔下的娜塔莎和涅莉怎么变成了东方女子。我想提醒他,娜塔莎和涅莉,包括他笔下所有的人物不仅是俄罗斯的,也是中国的、日本的、柬埔寨的、美国的、哥伦比亚的、莫桑比克的、英国的、波兰的、伊拉克的,他们是一切地方的。

他似乎知道了我的提醒,充满爱意地看着我,偶尔小心地抚摸一下我的肌肤,他的每次抚摸都令我浑身战栗,高潮迭起。但我还不满足。我担心他的羊角风,担心他的身体会衰老。可我愿意和一个有病的、苍老的身体融为一体;我想为他孕育,生产无数个费奥多尔·米哈伊洛维奇·陀思妥耶夫斯基二世……

梦总是能轻易被现实击碎。突然响起的起床号把我叫醒了。月光像被吹灭的灯,突然黯淡下去。陀思妥耶夫斯基也被黑暗吞没。那不知何处来的、照耀我们梦境的光熄灭了,我们梦中的肉体的美也熄灭了。我不得不醒来。梦留给现实中的我的唯一的证物是昏涨的头脑、依然在战栗的肉体——身体的电流还没有消退,内心还有一种深深的迷醉感。

我疲惫地爬起来。亲爱的陀思妥耶夫斯基,我竟然第二次梦见了你!

七

我出工时带上的是《被侮辱与被损害的》那本书。我小心地带着它,扛着铁锹,跟在班长身后。

我们的任务是去东边的条田浇水,那里的玉米正在苞子、扬花。我们走到的时候,朝霞刚把大地铺满。

我说:"班长,你躲到玉米地里去看书吧,我来浇水。"我说完就把书递给了她。

她急迫地接过书,连说了几声谢谢,然后翻了一阵,小心地把书藏在玉米地里:"我们先干活。"

一条引水渠把叶尔羌河的河水一直引到了这里。浇水是最轻松的活路,把水引到地里,漫灌即可。在塔克拉玛干沙漠,能见到水无疑是最幸福的事,我可以好好地洗脸、洗手、洗脚,遇到没人的时候,还可以躺在水渠里,洗一个澡。

水很清冽,带着喀喇昆仑山冰雪的寒意,带着乔戈里峰孤绝的气息,带着荒凉流沙的味道。我捧起水,喝了几口,然后洗了脸,头脑清醒了,昨晚的梦更加清晰。我的脸很烫,羞涩使我感到不好意思去看自己的影子。

水无声地渗入干燥的土地。玉米蜷曲的叶片开始舒展。

"班长,你以前读过陀思妥耶夫斯基的小说吗?"

"只读过《少年》,我原来并不喜欢他的小说。不过最近一段时间,那部小说中的很多情节突然出现在了我的脑子里。就在昨天晚上入睡前,我竟然想起了《少年》中的话,'没有什么能摧毁我,没有什么能压扁我,没有什么能让我吃惊。我有看家狗的顽强生命力。我极其轻松地将两种相反的感情同时装在心里,这一切无须费力,全都自然而然'。"

"班长,你能想起这些话,我相信你已挺过来,我不用再担心你。你读的《少年》也是英译本的吗?"

"是的。我在图书馆偶尔读到的。"

"我听说你跟我学的都是英国文学专业。"

"但我读到大二就解放了,然后参军,到了这里,当时可是满怀理想啊。"她说完,叹了一口气,眼睛望着褐色的远方,好像她的理想没有跟上来,迷失在了远方的路途中。

我们钻进玉米地,我拔了一大堆草铺在地上,让班长坐下,然后我继续去浇地。

我回来时,班长捧着那本书正看得入神。她侧躺着的身形最美。她的右手撑着脑袋,乌黑的辫子垂到了地上,她的这个姿势一定保持了很久,她的身上落满了玉米花,她的神情看上去那么恬静。

"班长,你看到哪里了?"

她坐起来,一些玉米花从她头上落下来。"哪有时间逐字逐句地看!我只能浏览浏览,你看《最后的回忆》这一节的开头跟我们现在的环境多像!我读给你听一听,'六月中旬。这一天又热又闷;城里简直待不下去:到处都是尘土、石灰、脚手架、滚烫的石头、被蒸气污染了的空气……'。"她的声音里有了喜气。

"是的,我也没想到那个时候的俄罗斯的城市会是这个样子。"

"地浇完了?"

"水都引过去了。"

"来，坐下歇一会。"

我挨着她坐下来。就在这时，玉米地里突然发出唰唰唰的声音。我正要看是谁来了。四个人已站在了我俩周围。他们是副班长、营部文书、副教导员和保卫股李干事。

"就是她们！"副班长挺着肚子，左手拄着铁锨，右手指着我们。

班长看着她。副班长一副凛然的样子："你身为班长，竟带头看反革命书籍！"

李干事向班长伸出手："把书给我吧。"

班长把书递给了他。他从前向后翻了翻，又从后向前翻了翻："书名？谁写的？写的啥？"

"《被侮辱与被损害的》，从书名你就知道了，作家写的是被欺凌和被侮辱的人们。它是苏联作家陀思妥耶夫斯基创作的长篇小说，写的是苏联还没有建立前，底层民众被资产阶级欺凌和侮辱的故事，揭露了贵族资产阶级的虚伪、卑鄙和残忍。作家陀思妥耶夫斯基曾参加过彼特拉舍夫小组的活动被反动当局逮捕，判处四年苦役和五年流放。"班长似乎事先已经想好了，她回答得很流利，很平静。

副教导员说："如此说来，这个作者也算是一个革命者。那个彼什么小组当时是干什么的？"

我回答："是一个宣传空想社会主义、反对俄国专制农奴制的革命团体。"

文书接过话茬："哎，这个作家当时太可怜了，只能空想社会主义,我们的社会主义国家已经建立了,我们不用再空想了。"

副班长把书拿过去,又翻了好几遍:"你们说的是真的吗?"

"是的。如果不相信,您可以找人去问。"

副教导员说:"不管怎么讲,你们利用劳动时间看书总是不对的。"

班长抱歉地说:"我们刚浇完水,想休息一会儿,利用这个空隙翻了翻书。"

李干事转向我:"这书是你带来的?"

"是……是的……"

"谁让你带这些书到部队来的?我们得没收掉。怎么处理你们,我们调查清楚后再说。"

"我……"我吓得不知该怎么说话了。

"你们今天必须把二号支渠和三号支渠之间的地全部浇完!"副教导员显然很不高兴,气冲冲地命令道。

"是!"我立正回答道。

他们唰唰唰地走出了青纱帐,玉米摇晃着,细小的花朵飘到刚吐出不久的花穗上,无意间授了粉。

"真是对不起,没想到会这样,不知道副班长是怎么知道了的。"

"那是世界名著,让他们调查吧,只是希望他们不要把书损坏了。"

浇完那些地,我和班长回到营地,已是凌晨一点多钟的样子。明月高悬,繁星满天,但我们只盯着地上自己时长时短、偏偏倒倒的身影,累得没力气去看一眼。没想我们快走到地窝子跟前时,哨兵跑过来对我们说:"教导员在营部等着你们,让你们无论多晚回来都要过去一趟。"

教导员是班长肚子里孩子的父亲,我想他是叫她去,便说:"班长,教导员是叫你去吧。"

哨兵说:"不,是叫你们俩去。"

我看了一眼营部那眼地窝子。看到的确还有灯光从地下冒出来。

"肯定是书的事,记住,书是我让你拿的。"

下到营部的地窝子里,教导员躺在土台子上打着呼噜,营长在里面坐着抽烟。里面弥漫着一股浓烈的莫合烟味道。当我们站定,教导员的呼噜声骤然停了,他机警地坐了起来。

我看见他用作办公桌的土台子上堆着我的书。它们很随意地堆成一摞。我的心像被人用刀剜掉了一块。

"怎么回事?"教导员接过营长替他卷好的莫合烟,到煤油灯上点着,深吸了一口,问我们。

灯光舔着教导员军队政工干部的略显斯文的脸。但即使如此,他额头和眼角的皱纹仍很明显。但他毕竟是班长的男人,班长肚子里孩子的父亲,我赶紧替班长说话:"报告首长,书是我拿的,也是我拿到工地上去的。"

"这些我们都已调查清楚。你们两人都懂英语。"他转向班长,"你身为老同志,竟如此糊涂!你如实向组织交代,这书是不是反动书籍?"

"报告,不是。"

这时,营长站起来,面对我:"你个小丫头胆子不小,敢把这些洋鬼子的书带到这里来。听说这些书都是你的,你肯定读过,你说这些书的内容反动不反动?"

我说:"营长,不反动。陀思妥耶夫斯基也参加过革命,为此差点被判处死刑,后免于死罪,但坐过沙皇的监狱,还被流放过。"

"既然这样,那就不追究了吧。"营长转过头去征询教导员的意见,一看他就想尽快把这事了了。

"不行,私自传播外国书籍,这不是小事,我认为还是按原则来办,如实报告上级,让他们处理。"

"哎,也是我婆娘多事!林兰兰同志怀有身孕,在歇气的时候看看书,有啥?她本来就是读书人嘛。"

"我认为她做得很对。我们不知道她们看的是什么书。如果按陈木槿说的,是革命书籍,那自然没什么,但假如是反革命书籍怎么办?"

营长不知该说什么了。

"你们回去,先写一份检讨,然后等候处理结果吧。"教导员的话冷冰冰的。

我和班长给营长和教导员敬礼后,就往外走。走了几步,班长又回过身,站定:"这一切跟陈木槿没有关系,书是我想看,是我让她拿的。"

教导员一挥手："组织会公正处理的,你就相信组织吧。"

走出营部的地窝子,我舒了一口气,班长望了望夜空,叹了一口气。天空一片黑。我突然觉得这一天太累了,即使明天把我枪毙,我也不管了。想起我的陀思妥耶夫斯基的书没有在我身边,即将接受审查,我的心像针扎一样痛。但我太累了,钻进地窝子,把身子砸到床上后,很快就进入了梦乡。

八

教导员写了一份情况报告,附了我和班长的检讨,上报了团政治处,政治处没有一个人懂英文,只好上报给团领导。政委到军事学院读书去了,团长兼着,所以只能由他来处理。

"不就是看看书嘛,喜欢看书是好事啊!"

主任说:"二营报上来的,说是反动书籍,女兵陈木槿把书偷偷给林兰兰看,说是传播反革命书籍。"

"二营的人一个外国字都看不懂,怎么晓得是反革命书籍?林兰兰不是黄教导员的老婆吗?"

"但他坚持原则,报上来了,自己还做了检讨。"

"他老婆不是怀孕了吗?这个时候还不晓得关心女人,扯什么淡!"

"那……这个事情怎么处理?"

"那怎么办?"团长摸了摸脑袋,"只有一个办法,那就是把这些书翻译出来,知道书里面写了什么,弄清是不是反革命书籍后,才能给别人处理意见。"

"什么?"主任显然没想到政委会这样处理这个问题。

"你们政治处先组织人翻译吧。"

"这个,你看,这么大一摞……况且,政治处没有一个懂洋文的。"

"那就找人来翻译嘛。翻译完了,如果有问题,就把书封起来,再上报;如果没问题,团里愿意读书的人可以传着看,或者给出版社,印出来,让全国人民看,这跟开几百上千亩地的贡献一样大啊。"

"只有林兰兰、陈木槿,还有那个刘时懂外语。"

"现在开荒任务这么重,刘时是男兵,不能干这事;林兰兰怀了孩子,干不了什么事,这个黄教导员照顾不好老婆,就把他老婆调到团部来,让组织帮他照顾。陈木槿是个弱女子,能开多少地?就罚林兰兰、陈木槿来翻译这些书吧,薄书一个半月、厚书两个半月翻译完。如果任务完成得好,书又没什么问题,以后就把她们作为文化教员放在你们政治处。"

"这样也好,可以让陈木槿对你多些了解。师里王政委一直在催,说你的婚姻大事怎么还没有动静。我们压力很大。"

"你一个政治处主任整天就想着这事,弄得像个媒婆子!我忙成这个样子,哪有时间操心那档子事?"

"我不操心怎么办?全师团以上干部就你还是光棍,人家都在议论,说你非嫦娥不娶。"

"不要瞎扯了。我倒是想娶嫦娥,但也得等下辈子到月球上去屯田开荒再说吧。"

就这样,政治处的通知第二天到了营部。通知林兰兰和我立即到团政治处报到。

大家都觉得奇怪。按说,团里的处分意见下达到营部即可,这次却让二人到团里去。很多人都觉得事态严重。林兰兰和我也很害怕。当我们到了团部,得知政治处给我们的处分意见是翻译陀思妥耶夫斯基的著作时,两人都不敢相信自己的耳朵。

主任一脸严肃:"这是团里的决定,这就是对你们擅自偷看外国书籍的处分意见。"

我俩觑看对方一眼,向主任敬了军礼,几乎是齐声回答:"我们接受组织的处分!"

陀思妥耶夫斯基的书又摆在了我们面前。我翻看那些失而复得的书籍时,手抖得很厉害,一遍遍擦拭着小羊皮封面上的尘土。

政治处专门为我俩腾出一眼地窝子,里面打扫得很干净,只有泥土腥味和麦草味。"还专门为我们设了翻译办公室啊。"我很是惊喜。

林兰兰说:"政委上学去了,其实团长和政委是一个人。这个人真有意思,给我们这样一个处分,可能是全军仅有的了。这不是为了让我们更好地读陀思妥耶夫斯基的书吗?"

"我是太喜欢这样的处分了。这样吧,我们分头翻译,各译一本,然后彼此交换校正,最后定稿。你怀着孩子,不能熬夜,我对这些书很熟悉,可以多翻译一些。"

"谢谢你,木槿。"我们高兴得击了掌,紧紧地拥抱在一起。

九

要翻译好陀思妥耶夫斯基的作品很难,但我和林兰兰有如神助,翻译得好不好不知道,但很顺利。我老梦见陀思妥耶夫斯基,有时甚至梦见他为我讲解翻译中遇到的难点。我们……已经不再是读者与作者,而是情人的关系。他就像在我的身边,我可以闻到他身上的气味,感到他的呼吸常常喷到我的脸上,我感觉到他就坐在地窝子的一角,安静地、充满爱意地看着我。一到夜晚,这间地窝子就成了我们两个人的幽会之地。班长,她乐于成为我们的侍女,或者是《西厢记》中的红娘。有几次,我甚至梦见我们三人在一起。

有一次,在梦里,陀思妥耶夫斯基对我说,他不想做梅什金公爵①,他对纳斯塔霞·菲利波夫娜深怀愧意,他并不想那样塑造他们。但人物一旦确立,很多时候就由不得作家了,他会向自己的命运跑去。

与陀思妥耶夫斯基的爱情使我突然发现,我之前的爱是那么幼稚、浅薄。在这之后,我可能无法再爱任何人了。我突然觉得我对不起刘时。

我已好久没有见到他了,也没有他的消息。我像一个背叛了爱情的人。但我没法抗拒我与陀思妥耶夫斯基的那种爱。它既是灵魂的,也是肉体的。它是灵肉合一的。

---

① 梅什金公爵和纳斯塔霞·菲利波夫娜均为陀思妥耶夫斯基长篇小说《白痴》中的人物。

有一天,我问林兰兰:"你会爱上一个已经不存在的人吗?"

她的脸色已经好转,右脸颊上有几点妊娠斑,但还是很美——一种圣洁的美。

她笑着看我:"你爱上陀思妥耶夫斯基了?"

我红着脸点点头:"非常爱他。我好多次梦见他,感觉他就在我身边。"

"你呀,为了翻译陀思妥耶夫斯基,走火入魔了。"

我的脸有些发烫:"没有翻译他之前,我就梦见过他。"

"你看你的脸红的!看来你是真爱上陀思妥耶夫斯基了,但愿他的在天之灵能够感知你的爱啊!"她用半开玩笑的语气说。

"是的,我非常爱他,他应该能感受得到。"

"你这叫精神恋。当然,爱他是最保险的。但爱他也就爱上了一个神,完全是无条件的。"

"我只能在梦里见到他。"

"哎呀,陈木槿,你真是走火入魔了!"她有些惊讶地看着我,然后说,"不过,好好爱他吧,对你来说,这样真的很好。"

我想告诉林兰兰,我们在梦里一起爱过他,但因为这梦是我做的,她并不知道,所以话到嘴边,又咽下去了。

"我想,我会爱他一辈子的。"我的声音有些迷离。

"那你男朋友怎么办?"她笑着问。

"我男朋友?是的,我觉得对不起他,好像脚踏两只船似的。"

林兰兰笑了:"你是真把陀思妥耶夫斯基当作你的恋人了。"

"的确是,他占据了我的梦,还有我的心,我的灵魂。我觉得我没法再去爱任何人。"

"木槿,好久没有刘时的消息了。"

"在这里我也就见过他一面。我很担心他。"我有些感伤。

"能与他疏远也好。"

"为什么?"

"因为你爱的是陀思妥耶夫斯基。"林兰兰沉默了好一会儿,又接着说,"在有些情况下,现实中是不宜,也不会有爱情的。比如我。"

"你是说,我的婚姻也会由组织解决?"我一下站起来,"这不可能!"

"我没有那样说。但生活是复杂的,我们要有应对它的准备。"她显然想安慰我。

我颓然坐下,不说话了。

"很多时候,婚姻是荒唐的。所以,如果你拥有一份爱情,就好好把它珍藏起来吧。"

我们正说着话,地窝子外面响起了一个男人的吆喝声:"我们团的两位才女在不在啊?"

"请问是哪个?"

"我。"

我们住到这里来后,还从来没有男人进来过。我和林兰兰正纳闷是谁这么大胆,一颗脑袋已伸进了地窝子,一个身影遮住了里面的光。他的白牙一闪:"都在用功呢?"

我和林兰兰看不清他是谁,但还是站了起来。

"女兵的宿舍一般人是不能进来的,你们住在这里,应该没人敢进来吧?"

"没有。"

"我是范翼飞。"

我们仍不知道他是谁。我说:"同志,你也不能进来,如果有事,我们可以出去说。"

"我是来检查工作的。哎呀,看来我这个团长是白当了,我以为至少骑兵团无人不知呢,搞了半天,连两个才女都不知道我的大名。"

"你是团长?"

他个子有些高,只能微驼着背站在那里。

"我可不是一个人来的,你们这里面坐不下,他们只能在外面站着,也就是说,我是代表组织来检查你们的翻译工作的。你们是不是该指个地方让我坐下?总不能让我像个罪犯似的一直低头站着吧。"

林兰兰指了指土炕:"团长请坐!"

他坐下后,我看清了他黑得发亮的脸,因为刚刮了胡子,下巴有一圈皮肤要稍微清白一点。

他刚要坐下,又站起,把床单揭起,折过去,坐到麦草上。"女兵就是爱整洁啊,把狗窝都能收拾成安乐窝,我这一身土,都不敢坐了。"

他招呼我们也坐下。我们笔直地坐下了。

"随意一点。"他满脸是笑,"知识分子就应该跟书打交道嘛,你看,才做几天学问,都变得很那个……很漂亮啊。"

我和林兰兰笑了。林兰兰说:"团长,我们这里没有水给你喝。"

"在这鬼地方来后,水都戒得差不多了。你们把那个陀什么斯基的书翻译得怎么样了?"

林兰兰说:"陈木槿已把《被侮辱与被损害的》翻译了150页,我把《罪与罚》翻译了120多页。"

他看着我问:"陈木槿同志,是反动书籍吗?"

"不是。"

"黄教导员读过初中的,也算有文化的人了,疑神疑鬼的。"他看着林兰兰,"他一九三八年就跟着我打鬼子,我那时候是他的连长,后来我当营长,他当连长,你别看他文绉绉的,他能打仗,不怕死,脑子灵活。鬼子打完了,他调到政治处当干事,干了几年,脑子有点板结。他对你怎么样?"

林兰兰低下了头,当她把头抬起时,眼睛有些潮湿。"我对他不熟悉,我们在一起的时间很少。"

"这个黄秀生,虽说开荒垦地跟打仗一样紧张,但也不能把老婆放在一边不管嘛。他不管,我们组织管,现在把你调到团部,让他想见都见不着!"他顿了顿,口干得咽了一口唾沫,"不过呢,夫妻是一辈子的事,以后你们了解、相处的时间有的是。

现在,你的主要任务是把肚子里的孩子照顾好,翻译是要用脑子的,也累人得很,这活儿可以让陈木槿同志多干点。"

林兰兰点了点头,低声说:"谢谢团长!"

"把你们翻译好的东西给我看一看。"

我赶紧把我和林兰兰翻译的草稿交给他。他接到手上:"翻译了这么厚两摞了!纸两边都写满了,这字写得这么密!"

"节约用纸。"

"两个才女的字写得都好。我这人没文化,我先拿回去学习学习。"他说着站起来,"虽说是检查工作,但女兵宿舍也不宜久留啊,你们有什么困难就给我讲。"

我说:"我们正式誊抄的时候,需要好一点的纸,用纸也会多一些。"

"我让政治处尽力保障。"他说着,弯腰走出了地窝子。

"首长慢走!"我和林兰兰站起来要送,他在地窝子外面说:"继续干活!"

地窝子里面又亮堂了。

听着一行人的脚步声在地面上远去,林兰兰说:"这个团长真有意思,听说就是他让政治处把我们调来,给我们翻译小说这个处分的。"

"这个处分让我一想起就觉得好玩。"

"但很多人的确觉得这是最严厉的处分,比罚我们开几百亩荒地还要难呢。"

我们都开心地笑了。

十

读陀思妥耶夫斯基的作品与翻译它完全是两码事。阅读它无论如何都是愉悦的，即使是去了解它呈现给我们的神性和普遍性，即使阅读它必须经受持续的内心拷问，都是一种享受。但要翻译它，就像要不断深入汹涌咆哮着的大海的最深处，或者说是去攀登通向天宇的天梯，无疑是一种苦役。我和林兰兰都意识到了这个问题。我们突然发现，我们并没有理解它，如果这样，我们的翻译就是不准确的，或者说只是一种字面上的准确。这使我们很是苦恼。

我常常梦魇，看见撒旦的大军在围攻陀思妥耶夫斯基和我。我已少有梦境，我和他也很少交欢了。

团长送回书稿那天，照例带着政治处主任，主任照例在地窝子外面等着。他把书稿整理得很整齐，加了报纸封皮，用夹子夹好了。

他这次自己在上次坐的地方坐好，把译稿递给我，说："我看了，但没有完全看懂。不过可以确认，陀斯基是个很厉害的作家。也可以确认，你们翻译的这部分没有反革命内容，由此可以暂时推断这个姓陀的也不是反革命作家。他不是反革命作家，就不会写反革命作品。但收缴的这些书，你们不翻译完，就没法下这个结论，所以，你们还得翻译。"

"能读陀思妥耶夫斯基的团长我还是第一次听说，团长真厉害！"我有些欣喜。

他嘿嘿地笑:"你们不翻译,我到哪里读去?"

"陀思妥耶夫斯基的作品很难翻译。"

"那是当然。我们很多干部宁愿去开荒也不愿去识字班认字,为什么?跟字儿有关的东西太难了,打脑壳!而你们是把洋文译成我们的文字,自然是难上加难!不然怎么能说是处分呢?"

我和林兰兰一听,忍不住笑出了声。我想解释一下我说的那个难,但觉得那是徒然,也就罢了。

"我一看你们这个样子,就知道你们在熬夜,这样可不行!林兰兰同志怀着革命后代,更不能成天窝在地窝子里。陈木槿!"

我站起来,立正,脆声应道:"到!"

"我现在给你一个额外的任务,你每天早晚要陪林兰兰同志溜达至少半个小时。"

"坚决完成任务!"

"坐下吧!"

我坐下了。

"我是迫不及待地想读你们近几天翻译的东西。"

我把草稿递给了他,他接过草稿,就离开了。

"团长还读陀思妥耶夫斯基,真是奇迹!"林兰兰发自内心地赞美道。

"都成陀思妥耶夫斯基之友了。最主要的是,他还心细,知道你需要散步。"

"人家还是单身呢。"

"组织为什么不给他分配个老婆呢?"

"你谨防组织把你介绍给他哈。"

"应该给他分配一个爱他的人,我是心有所属了,我爱的是陀思妥耶夫斯基。"

"你可以同时爱一个神和一个人。神是你的信仰,人是你生活的一部分。"

"那这个人也应该是刘时。"我想了想,忍不住问她,"你爱的神是谁啊?人又是谁?"

"我爱的神是爱情本身;人呢,就是我肚子里的孩子吧。他还没有出生的时候,我就对不起他,我以后要加倍爱他。"她的眼睛突然潮湿了。

听从团长的安排,我每天早晚都陪着林兰兰出去散步。在这片荒原上,第一次有了两个过着类似知识分子生活的女人。当我们出去散步的时候,战士们就远远站着,指点我们,咧嘴笑,或悄声说。当我们从他们对面走过,有些战士会害羞地低下头,有些甚至会绕道,也有胆子大的老兵,专门找机会在我们散步的路边等着,想近一点看我们,找我们搭话。他们把我们当作一道风景看。我们也的确是少见的风景。

有一天,秋天的夕阳正在给荒原、天空和天空中的七朵云涂脂抹粉,我陪林兰兰在地埂上散步,夕阳也涂抹着我们,涂抹着身边的每一株玉米。这荒原的泥土第一次长庄稼,长势特好,玉米棒子又粗又长,已经成熟,等待收获。玉米叶子发出沙沙声响,可以听见几声虫鸣,靠近第四朵云彩的地方,一行鸟正向南方飞行。我和林兰兰有些沉醉,都没说话,连脚步也比平常要轻。这时,我们突然听到玉米地里有人说话。

"来,我刚找人从麦盖提买的莫合烟。"

然后是划洋火的声音。

"味儿比上次我从英吉沙买的正。"

"下次我帮你找人买。"

"行啊,哎,我觉得那个述黑牛的眼光有问题,他非得说那个怀了孩子的女兵比另一个女兵漂亮。"

"我觉得她们都好看,不过,没有怀孩子的那个女兵还是要漂亮些,个儿高,腿长,她笑起来酒窝能把人醉死,看人的时候眼睛能把人装进去。"

"我也是那么认为的,她的腰细,屁股翘,哈哈哈哈……"

另一个人也笑起来。两人的笑声都是压低了的。"不过,怀了孩子的女兵怀了孩子嘛,所以腰身看不出来。"

我和林兰兰相视一笑,听他们继续议论。

"没想到她们都是大学生。"

"我还是第一次看到大学生女兵。"

"他说那个怀了孩子的女兵是骑兵营教导员的老婆。"

"那家伙文绉绉的,没想到这么有福气。不过,我听骑兵营一个战友说,那个女兵并不喜欢他。"

"组织安排的,她敢不喜欢!听说组织上已把没怀孩子的那个女兵分给了我们团长。"

"他们倒是般配,美人配英雄嘛!"

我一听到这里,急了,喊了声:"谁在那里胡说八道!"

两个家伙中的一个叫了声"我的妈呀,她们怎么在啊!",便看见有人向团部那个方向逃去,玉米地被他们飞速分开,又飞速合上。

我的脑门像被什么东西猛击了一下,嗡嗡直响,我傻站在地头,半天没动。

林兰兰站在我身边,过了好久,才低声说:"别听他们瞎说。"她再也说不出别的安慰我的话了。

我突然想哭:"班长,我想家了,我想见刘时。"泪水无声地从我脸上滑落下来。她把我揽到她的怀里,她隆起的肚子顶着我的腹部,我能感觉肚子里的小家伙在子宫里踹着她。我的泪水落在她的肩上。她没有哭,一直像慈母一样轻抚着我的背。

十一

我无意间听到的议论给我留下了阴影。我不愿想起那个团长。以致他第二次来送书稿时,我几乎没有和他说话。但不知为什么,我却更加留意他。他的确不令人讨厌。但我不好定位他的身份。他三十二岁,我十九岁,首长?父辈?老大哥?他介于三者之间。他这次来谈了他读陀思妥耶夫斯基的感觉,他说陀思妥耶夫斯基是一个往返于地狱、人世和天庭的神,所以他看到的东西不一样,写的东西就很不一般。林兰兰对他的看法深表赞同,说团长已读懂了陀思妥耶夫斯基。我对他有这样的见解也很是惊奇,但只是点了点头。

我不知为什么,非常想念刘时。我不得不承认,他的确是我人世的爱,我的另一半生命。我打听到了刘时的消息。他其实就在我们这个团的骑兵一营三连,相距不到30公里路,却像远在天涯。

他应该知道我在何处,但为什么不来看我,我却不知道。

他本来在营里任文化教员的。当时每天要开生活检讨会,审视自己一天来的工作和思想。每次他都只是说,我没有什么可检讨的。每天要记日记,但日记要检查,主要从中去查你的思想倾向。他死活不交出自己的日记,说那是他个人的隐私。为此,他受到了严厉的批评。但他仍然那样,后来,营里把他的日记搜走了。他从此不再写一个字。他为此受到了更严厉的批评。但他就是不写,最后被分到了三连。

林兰兰就要分娩了,老是腹痛,团长安排她到师医院检查、待产。这也是破天荒的。我听说其他部队的产妇都是在自己的连队生产。团长还打电话让黄教导员赶来陪她。教导员没有进地窝子,他在外面喊着"林兰兰同志",林兰兰没有应答,他就在外面等着。我发现他和林兰兰虽已是夫妻,且马上就要做父亲了,见到妻子,还有些害羞。我向教导员敬了礼。林兰兰没有跟他说话。她跟我道了别,我跟她说了照顾好自己、生个胖宝宝的话,她就跟着教导员走了。教导员右手提着她的背包。她走在教导员左边,两人始终隔着两尺左右的距离,他们脚下的尘土扬起很高,但没有交融。下午的阳光打在他们背上,感觉有些冷。

他们就像两个陌路人那样走着。我一直看着他们在那条路前面一道拐弯处消失。

我一个人住地窝子，感觉更加安静，便抓紧时间翻译陀思妥耶夫斯基的著作。我记得一个苏联评论家说过，陀思妥耶夫斯基的作品只有在其彻底完成后才显出一定的色彩，才具有那种令人困惑和晕晕然的炽热"气氛"，才具有那种特殊阴暗的和特殊难以忍受的、兼有冷和热的情欲。我觉得翻译他的作品也有这种感觉。翻译并不能完全呈现他作品的风貌，不能传达其精神内涵。我觉得我只对他进行了一次粗浅的描摹。有了这个认识后，我不好意思见他了。我在梦里躲着他。任他在彼得堡飘零——他先后在 28 个地方居住过。我虽然知道他住在彼得堡的什么地方，但我故意回避他。

我走在一条清冷的街道上。俄罗斯秋天的落叶不断飘落，铺满了街道。地上的落叶又不时被风吹起，铅灰色的云团占据了半个寥廓的天空。

入伍这么长时间来，我第一次有机会一个人独处一室。我第一次有机会脱掉衣服，一丝不挂。我好久以前就想这样打量自己了，我以前曾关注过自己的身体，但都是无意的。集体生活后我再没有机会了，甚至没有想过它，任它结满污垢，被虱子叮咬，被阳光暴晒，被风沙虐待；任它在干旱中皲裂；任手脚变糙，腰身变粗，骨节变形；任乳房停止发育，月经失调；任爱情死亡，欲望泯灭。

我打量自己的皮肤、手臂、乳房、腹部、腰、阴阜、腿和脚。我没有裸露的皮肤是白皙的,但已没有先前丝绸一样的质感;我的手臂和腿脚是修长的,但已变得粗糙、有力;乳房、腹部、腰结实得像农妇似的,我的手和脚变大了,有一种黄沙的颜色;脸,我已好久没有打量过它,它像是别人的……

所以,人类必须有一个洞穴,以使人类能一丝不挂,供其悲伤,供其独自面对自己或丑陋或美好的肉体,供其掂量自己的灵魂,供其追忆刚刚直立行走时那种自由的状态。

有一天,组织股的吴干事叫我到政治处去。整个政治处设在一间地窝子里,有三十多平方米的样子。主任的办公土台居中,两边分别是组织股、干部股、宣传股、保卫股、群工股,一个办公的土台子就是一个股,即使在这样的条件下,里面也有一种政治意味很浓的整洁感。其他人都开荒去了,地窝子里就政治处主任和那名组织股的干事。

我给主任敬了礼,他热情地招呼我坐。我在他办公桌对面的土台子上坐下。土台上铺着芦苇编成的垫子。他先问了我的家庭情况,谈了谈他所知道的湖南,问了我是怎么当兵的,到部队后的感受,还问了陀思妥耶夫斯基(他一直说成"陀夫斯基")作品的翻译情况。他一边和我说话,一边卷着莫合烟。

"你们把书翻译出来,如果没问题,也不会白翻译,我们师的老政委调到北京一家出版社当书记去了,我们团长从当战士就在他手下干,他们关系好得很。你把陀夫斯基翻译好后寄给他,让他的出版社出版,到时你就全国出名了。"

"主任,有很多专门做翻译的专家呢,我们翻译的东西哪敢拿去出版？"

"我们不管什么砖家石匠，我们只认我们的战士翻译家。"

我笑了："主任真幽默。"

"我们搞政治工作的，也有风趣幽默的时候；我们的军事干部，也不是你们女兵想象的，都是一帮只会打仗、拼命的粗人武夫，比如说我们团长，人家可是在延安上过学的，所以人家是懂陀夫斯基的。"

"团长去看过我们，他对陀思妥耶夫斯基的理解的确很精辟。"我想纠正他的"陀夫斯基"，所以把"陀思妥耶夫斯基"故意说得很重。

他意识到了，但只是笑了笑："苏联老大哥什么都好，就是名字太长，太难记。你想，把他们的名字叫完要花多少时间？社会主义阵营里有多少兄弟国家？这些国家有多少人民？叫他们的名字加起来要花多少时间？我觉得啊，浪费的时间至少要把共产主义推迟十年。所以，苏联人民应该像他们的领袖那样取名，比如列宁、斯大林，多好记，我们谁都能记住。"

我没想到还有这样的说法。我想告诉他，列宁的真实名字是弗拉基米尔·伊里奇·乌里扬诺夫，列宁只是弗拉基米尔·伊里奇·乌里扬诺夫的笔名，而斯大林的全名是约瑟夫·维萨里奥诺维奇·斯大林，原名还多两个字，是约瑟夫·维萨里奥诺维奇·朱加什维利，但我觉得没有必要。于是我装作赞同，点了好几下头。

"说到哪里了？"他挠了挠头。

"说团长懂陀夫斯基。"

"干脆就叫陀斯基吧,团长就这么叫,不说这个陀斯基了,说团长。你可能还不知道吧,我们团长还有个外号,叫'长一尺',他个子高,专门找人为他打了一把马刀,比别人的长一尺,宽一寸。从当排长、连长、营长、团长,都是冲锋在前,特别是他当营长那阵,缴获了日本人一匹好马,更是一马当先,有次冲进敌阵好一会儿,五个鬼子围着他,他砍翻了两个,部队才冲上来。他是一野的特级战斗英雄,光打鬼子就二十多次负伤。但他很爱惜自己那张脸,你看到没有?他脸上一个伤疤也没有。他性子直,是条硬汉,但对战士尤好,每次打仗下来,牺牲的战士他都会亲自去掩埋,他有一个本子,随身带着,里面记着每个战士的名字、出生年月、家庭地址、父母姓名、牺牲时间地点、因何牺牲,你知道,在战争年代,这是很难做到的。"

这是我以前从没听说过的。"这的确很了不起,如果每个干部都像他那样,就不会有那么多无名烈士墓了。"

"他是英雄啊,人又长得帅气神武,骑一匹高头大马,好多姑娘喜欢他啊!有个燕京大学的女学生,长得很漂亮的,从河北追到山西,又追到延安,他硬是没有答应。为啥?战争年代,他怕自己牺牲了,耽误了别人。没想等到不打仗了,却进军到这里来了,女人没了。组织上好几次考虑过他的婚姻问题,他都没答应,他说他要自己去追。可在这鸟不拉屎的地方,你追谁去?所以全师就他一个光棍团长了。"

"像团长这样的英雄,肯定有人等着他。"

主任听我说完,一边翻看笔记,一边随意问道:"听说你有男朋友了?"

我有些警觉起来,马上回答:"是的。他就在我们团。"

"你说的是刘时吧。小伙子不错,就是小资产阶级情调、小知识分子气味重了些。不过,我们革命军队很快就会把他身上那些玩意儿给他洗刷得干干净净的。你已经是革命战士了,要继续往前走。"他说到这里,加重了语气,"你既然来当兵了,很多在地方的东西就要切割干净,你看我们很多人,出身不好的,与原来的家庭就切割干净了,有些要断绝的关系就要断绝,有些原不属于革命战士之间的纯洁的关系,要纯洁起来,明白吗?"

我不知道该说什么,但他是上级领导,我只能立马站起,立正,回答说:"明白!"

他的语气又缓和下来,甚至比先前都要和气:"哈哈,说远了,今天叫你来,主要是聊聊陀斯基的翻译情况。好了,没什么事了,你回去继续翻译吧。"

我再次起立,立正,敬礼,答声"是",转身离开了。

十二

主任的谈话让我紧张了半天。我知道他找我谈话的意思,但我假装不懂,只一心翻译陀思妥耶夫斯基的作品,我终于译完了《被侮辱与被损害的》,正在翻看草稿,一位战士跑来叫我:"陈木槿同志,我是团长的警卫员,他让我来请你去见他。"

我一下紧张起来:"去干什么?"

"团长给你找了一本书,让你去看看。"

"一本书?会是什么书呢?"

"是老毛子写的,我瞟了一眼,全是洋文,所以团长请你去看看。"

警卫员自己骑着一匹马,还牵着一匹高大的黑马。如果不是浑身尘土,一定是漂亮俊逸的。他一边说,一边往回走,他脚下白色的尘土腾起老高。

"哦,好的。"

"团长在四连,天太热,团长怕热着你,特意让我牵了他的马来。"他把马鞍上的灰土拍打干净。

我听说四连有两间土坯房,团长的办公室已搬到那里。

"这马很漂亮,可惜我不会骑马。"

"这是团长最喜欢的马,给他配了吉普车,他都不要。我扶你上去,让它驮着你走就是了,它走得可稳了。"

即使我会骑马,骑马也太显眼了。何况他是团长的马呢?"不,我自己走着去。"

"12里路,团长等急了会骂我的。"

"我跑步去。"

警卫员很为难:"这样吧,你骑到马上,我牵着马走。"

但我已向四连的方向快步走去了。

往四连的这条路因为走动的人马多,尘土可以淹到脚脖子,总是烟尘飞扬的。这是正午。天地间的光白花花的。天空发白,不敢抬头去看。阳光堆在荒原上,厚厚一层,像滚烫的热油。

风滚草一团团地滚动着。泥土已被烤焦,似乎随时都有可能燃烧起来。远处不时升腾起一股黄褐色的龙卷风,想去接近发白的苍穹,甚至白色的烈日。看起来它做到了,其实离天空还远得很。我像在火炉里。嘴唇发干,眼睛发干,鼻孔发干,五脏六腑都发干。

路上的尘土一有什么动它,它就飞扬得老高。我不想浑身裹满尘土,所以绕着那条路走。——女人就是这样,就是马上去死,也想把自己弄得漂亮些。

我走的时候,特意带了一面镜子。那是刘时去年送给我的一枚俄罗斯圆镜,彩锡,手绘珐琅釉彩工艺,图案立体精美,花纹雅致,色泽优美。他跟我说锡是他喜欢的金属,具有特殊的金属质感,有良好的延伸性,易成型,在制作艺术饰品时能够逼真体现每一细微创意,张而不扬,含而不露。俄罗斯人认为镜子是神圣的物品,打碎镜子意味着灵魂的毁灭,所以我一直小心地珍藏它。

警卫员把马给我,说:"我得先回去向团长报告,然后再来接你。"

"我自己知道地方,你不用来了。"警卫员是个老兵,但在我这个新兵面前,却恭谨得像个新兵一样。他翻身上马,疾驰而去,留下漫天烟尘。

我牵着马。这匹黑马由灰黑色变成灰黄的了。它无精打采地跟在我身后,因酷热而烦躁得直喷响鼻。

荒原被开垦出来,原本稀疏的植被被埋在了干燥的土块下面。远处有一棵沙枣树,像是承受不了烈日的重量,趴在那里,显得异常孤独;更远处有一棵白杨,枝叶紧抱着树干,像一柄剑,让我担心它会把天空划伤。

警卫员又一阵风似的跑来了。身后的烟尘像一列隆隆开来的火车。他在我跟前勒住马,我感到一股热浪带着浓烈的泥腥味向我扑来,把我和马淹没了。我只听到了他的声音。他说:"陈木槿同志,现在你可以骑马了吧?"

"不,我自己走,没有多远了。"

警卫员叹了一口气,只得牵着马陪我。

他刚才跑马扬起的沙尘飞到天上,把天空染黄的时候,我看到了两间土坯房——当时白原最奢华的建筑。

那两间土坯房原已垮塌废弃。官兵对它做了修葺,把残缺的墙补好,找来一些杨树,抱来一些树枝,和了一些泥,做好了屋顶,便成了骑兵团的新指挥部。围绕着它的,是一圈地窝子。开口黑洞洞的,像一张张咧开的嘴,偶尔出没的人像被吞食或吐出的一种食物。土坯房前面是一块空地,正中有用两根白杨木树干接起来的旗杆,上面的红旗紧贴树干,一动不动,像被烈日晒晕了。

团长背着手,在屋里转圈圈,像一条急得想咬自己尾巴的狗。听到八只马蹄踏出的脆响,他一下站定,整了整自己已整理过好几遍的衣服,想把衣服上的尘灰拍打干净。他甚至到水盆前,把头伸到水盆上方,照了照自己的脸。他对自己那张脸有些厌恶地撇了几下嘴。然后郑重其事地坐到用弹药箱垒成的办公桌前,把那本英文书在自己的身上擦了一遍,摆在面前,然后又把它移到办公桌右前方,自己拿出一份文件假装看起来。

"报告!"警卫员风尘仆仆地站在门口,身上的尘土直往下掉,"团长,我把陈木槿同志请来了。"

"好,请她进来。"说到这里,又看了一眼警卫员,"你看你他妈的像个土行僧似的,出去把身上的土抖掉!"

"是!"他站得笔直,给团长敬礼后,转向我,"陈木槿同志,团长请你进去。"

我站在门口一侧,紧张得手心直冒汗。听团长对警卫员那么说,赶紧看自己,才发现身上的衣服已看不出本色了,忙低声问通讯员:"你看我这身上,怎么办?"

"你没事的,还是赶紧进去吧!"

没有办法,我只好站到门口,喊了一声报告。我听到团长用突然变得轻柔的声音说:"是陈木槿同志吧,进来进来。"

我进到办公室。在我立定向团长敬礼时,身上的灰直往上腾起。我听到身后的门嘭的一声关上了,光被关在了门外,房间有些暗。我吓了一跳,举了一半的右手僵住了。

"这个破门,老是一打开就关上。"团长站起身,他的确很高,使房间一下显得逼仄起来,似乎里面的空气一下不够用了。他走到门前,把门打开,阳光像洪水一样涌进来。他用一块戈壁石从外向里把门顶住,然后拍拍手:"把手放下吧,不用敬礼了。"他一边说,一边重新坐回到座位上。

"多谢首长。"我把手往上举了举,完成了那个不很标准的军礼。

房间里也有一股泥土的腥气。正对房门的墙上,挂着一幅手绘的进军新疆路线图,锋利的红色箭头从延安开始,一直指向现在这个叫白原的地方。他身后的墙上则挂着一把军号、一柄大刀、一把日军指挥刀、一支美式冲锋枪。这几样东西看上去刚刚擦拭过,没有一星灰尘。

"坐坐坐。"他指了指办公桌前用两个子弹箱垒起来的"凳子",示意我坐下。见我盯着他背后的墙上的武器看,就站起来:"它们都有来头,这把军号是我是红小鬼时当司号员用过的;那柄大刀是我抗战时砍过鬼子的;那把日军指挥刀是从一个日军大佐那里缴获的;这支美式冲锋枪是我跟国民党军队打仗的纪念品。"

我小心地坐下来:"你那把大刀的确比别的大刀长。"

他爽朗地笑了:"长一尺,这也是我的外号。"他说完,把自己跟前的军用茶缸推到我跟前,"天太热,喝口水。"

我实在太渴了,端起他的茶缸喝了一大口。

"这水含碱量太高,有些苦涩。"

"我没有喝出来。"

"你是渴坏了。今天叫你来,是想让你看看这本书。是有人昨天从七连副连长那里缴来的,全是那个外国字,我一个也看不懂,说可能是反革命书籍。"他说着,把书推到我面前。

七连是由国民党起义官兵改编而来的一个连队。我一看到书名,就有些惊讶。这是一本英文版的《政治的罪恶》,是法国人路易斯·博洛尔所著、伦敦费希尔·安文出版公司20世纪初的版本。我上学时读过这本书。我还记得书中有这样的话，"政治会败坏人的良知""在一个国家里,政府的品质总是影响并成为该民族性格品质的模型""恶劣政府造成的后果是人民道德水平的普遍降低""如果一个政府是高压和专横的,它就会使整个国家谨小慎微、了无生机、相互猜忌和奴性十足""通过发明各种背信弃义的诬陷告发活动,政治使人类的人格品性不断地堕落"。

这本书是怎样从伦敦来到这个地方的？

虽然内页一看就知道被翻阅过很多次,但封面洁净,内页没有一个折痕。

看我那专注的神情,团长似乎很得意。"据说那个家伙死活不给,你说说这是本什么书？"

"这个……我再看看……"

"你先看看这书是啥名儿,如果是反革命书籍,他那个副连长是不可能当了。"

"好像是《罪与罚》。"我不知道怎么说出了这个书名。

"哦,是洋鬼子写的吧？"

"就是陀思妥耶夫斯基写的。我们翻译的书中就有这一本,好像版本都一样。"

"哦,看来喜欢这个作家的人不少啊,那个副连长能看苏联作家的书,不错。"他抬起头,看着屋顶,像是看着苍茫深邃的宇宙。"那好,这本书你也拿去吧。"

我很少撒谎,心里越来越紧张。我没有说话,只是翻书。书的纸很柔软、洁净,有时可以看到英文做的批注,有一股陈旧的纸香气从书页中散发出来。

从团长的办公室走出来,我决定尽快去见见那个副连长,让他知道他的书不是《政治的罪恶》,而是陀思妥耶夫斯基《罪与罚》的英译本,他的书已在我那里,他不用害怕。但我不知道怎么去找他。一个女兵去找一个国民党部队的起义军官,人家会怎么看?我很着急。第二天,我想了一个办法,那就是直接去向主任请假,就说那个副连长懂外语,有几个翻译方面的问题,需要向他请教。

我第一次主动去找主任,他很高兴,说:"你这种做学问的精神很值得表扬,但那家伙死了。"

"什么?"我认为自己听错了。

"七连那个副连长已经自杀了。"

"怎么会呢?"

"是啊,好多人都这么想。昨天晚上收工后,战士还看到他睡觉了,但今天早上起来,地窝子里没有人,直到要上工了,还没有见到他,连里就派人四处去找,最后在连队东边的沙丘后面找到了,他用镰刀把手上的动脉割断了,人已经死了。"

"为什么?"

"谁知道!有人说是上头没收了他的书。这怎么可能呢?谁会为了一本书去死?团长不是让你看了嘛,说那书没什么问题嘛。他是中央大学政治系毕业的,起义前是连长,家庭条件很好,我看他还是吃不了这个苦,想不开,没有把自己改造好,自绝于我们革命军队了。"

我吃惊得说不出话来。

"我也没想到他会这样。保卫股收缴他书之前,我到七连去检查工作还跟他谈过话,觉得小伙子文化水平高,表现也不错,师宣传科让我推荐人才,我还准备推荐他呢。"

"哦……真是……太可惜了。"

"所以革命意志很重要啊,他之所以走上这条不归路,就是革命意志不坚定啊!"

我给主任敬了礼:"我回去了,主任!"

"好,你那个翻译的问题就只有自己想办法了。"

"明白,主任。"

我转过身,泪水一下模糊了我的双眼。走出地窝子,我一个趔趄,差点栽倒。

回到地窝子,我拿出《政治的罪恶》,把它埋进了营地旁边的沙漠里。在那本书的坟墓前,我坐了很久。深秋的阳光有些苍白,无力地悬挂在天空中央。

十三

我每天翻译完作品,照例沿着团部南边那条水渠散步,它远离通往团部的那条尘土飞扬的土路。水渠里流着叶尔羌河的水,我喜欢看见水流,我可以把它想象成湘江,可以把它想象成我身体里的一条河流——我身体里一直有一条河,它是我来到这荒原之后发现的。因为玉米已经成熟,冬麦还没有播种,没有需要浇灌的土地,水渠里的水不多。

深秋的天空高远,傍晚的云霓映照着大地。我在水渠的一侧走着,当我向前看的时候,突然产生了一种幻觉,看见团长背着那把"长一尺",刀柄上变色的红布飘扬着,立马站在前方,勒马面对我,像在等我。我的右边走着陀思妥耶夫斯基,左边走着刘时,后面则跟着那个自杀的副连长。这种情景虽是幻觉,还是吓得我一下站住了,不敢再往前走,但也不敢向后退。四周空荡荡的,我不知该怎么办。就在这时,我听到有人低声叫我。我浑身顿时起满了鸡皮疙瘩,觉得自己的头发一下竖了起来。我像被定住了,一动不能动。然后有人猛地把我拉进玉米地里。我想呼喊,但喊不出声。

"是我,木槿!"

我不敢相信那是刘时的声音。但他隔着三株玉米,活生生地在我面前站着,他的左手还拉着我的右手,喘的气有些粗,喷在我的脸上,气息不再是以前那样清纯,有一股复杂的气味——那是由玉米发糕、玉米碴子粥、馕、马料(比如豌豆)、盐碱、沙尘、萝卜、腌咸菜、洋葱、洋芋在嘴里的残留物经过发酵后的味道。我忍着,没有偏过脸去。我嘴里的味道可能也跟他差不多。他的脸和手是黑黄色的,嘴唇干裂,冒出的血珠凝结在上面,皮肤粗糙得像抹了一层麸皮,脸上皲裂的伤口也有血凝结着。他军装肩膀、背部、肘部,裤子的膝盖、臀部都是补疤。补疤的颜色不一样,疤补得很粗劣,针脚不匀,线粗细不一。他看上去很单薄,变得瘦小了。

我站立不稳,想要倒下。他两脚把面前的玉米踩倒,把我扶住。他的确比以前有力了。我把头靠在他的肩膀上,像是突然瘫软了。

他紧紧拥抱着我,没有动,好像仅仅是一截用来支撑我的木头桩子。然后,他慢慢把我推开了。我们之间被一种东西横隔着,分明可以感觉到。但那种东西异常陌生,之前从未有过。

我看着变得陌生的他,问道:"你怎么来了?"

"我来看你。"

"你还在连队?"

"还在。不像你,已经爬到团部了。"

"我是在这里受处分呢。"

"有这样受处分的吗?哄鬼呢,还不是想让你离那个团长近一点。"

"真的是为了这个?"我觉得我的话很虚伪。

"木槿,我们离开这里吧。"

"不行,我们不能当逃兵。"

"你我首先是个知识分子。"

"你还是没有适应这里的生活。"

"你倒适应得很快啊!"他话语里突然满是讥讽的味道,"我知道,你很快就会成为团长夫人了。"

"胡说!"

"我一来下面就在传,这几天传得更多,所以我才跑来。"

"没有任何人跟我讲过。"

"我听说组织上早就安排好了！所以,你应该跟我逃走。"

"往哪里逃？我们能逃到哪里去？"

"我还是那句话,你首先是个知识分子,然后才是军人,但你看你,一点知识分子的尊严都没有了！你已堕落,堕落成了一个无知的、只知道服从的女兵！"他几乎是在吼叫,平时的斯文气一点也没有了。

"你……"我又急又气,却不知该说什么才好,最后赌气地说,"是的,我现在就是一个无知的,只知道服从的女兵！"

"你愿意做一个唯唯诺诺的女兵,你就做去吧；你要做团长夫人,你就做去吧！我祝贺你！"他说完这句话,气冲冲地转身走了。

我在后面追他,但他钻进玉米地,转眼就被青黄色的玉米田吞没了。

十四

林兰兰半个月后从师医院回来了,她生了一个漂亮的男孩,取名黄原,乳名小原。这个消息提前传到了团里,两天后,营长的妻子,也就是我的副班长生了一个女儿,取名陈沙。这是荒原的新一代,全团着实兴奋了一阵。团长一高兴,放了一天假,每连分了半头驴,跟过年一样。

林兰兰似乎变了一个人。她身上的忧郁之气没有了,浑身笼罩着母性的光芒,那种光芒是金色的、柔美的、绵长而永恒的。

那种美无法言说。

她看教导员的眼神已变,可以主动跟他说话了,他们至少已变成了熟悉的人。教导员放假那天在团部待了一天,次日一早就返回营部了。

林兰兰带着孩子,仍然跟我住在一起。这个地窝子因为有了这个小宝贝,感觉变成了一个小天堂。孩子的欢笑和啼哭让荒原变得生机勃勃。

团长也常来看望小孩。他喜欢那个孩子。他骑着他的黑马,我仔细看了,那匹马除了额头有块菱形的白斑、四蹄雪白外,浑身乌黑,他和那匹马的感情很深,即使再忙,都要亲自遛一遛它,很多时候,他的手扶着马漂亮的脖颈,和它说话,像兄弟一样。他骑在马上腰身笔直,的确神采飞扬。他说黄原是骑兵的后代,从小就该熟悉马背上的生活。他一来就把孩子抱走,抱着他骑着马四处溜达,有时还飞奔一阵。搞得孩子的母亲很担心,却又没有办法。那孩子后来听到马蹄声就很兴奋。

有一次,他让林兰兰抱着孩子骑在马上。林兰兰犹豫了半天,还是受不了那匹俊逸之马的诱惑,答应了。团长叫警卫员牵着马,带着她遛了一圈。她说这匹马走起来真稳,跟坐在椅子上一样。此后她再也没有担心过团长带着黄原在马上闲逛了。

过了两天,团长对我说:"木槿同志,你也试一试?"

我有些犹豫。

"这可是三师唯一的骏马,这样的骏马你不骑,以后可就没有机会了。"

"我要自己骑,不要人牵着。"

"好啊,像我骑兵团的兵,上马!"

但我不敢走到马跟前。硬着头皮,也只到了离它两米远的地方。好像它不是一匹马,而是一头黑豹。

"不要怕。你上次牵着她走了好远的路呢,这马认穿军装的人,从前方接近它,拉住马笼头,遛一会儿。"

他在旁边指导我。我按他说的做了。但我靠近它时,虽有1.65米的身高,但还没有马背高。我心虚了。

团长走上来,把马缰拉住,:"左手抓住马鞍,左脚踩上马镫,上!"

但我还是害怕,觉得腿上的劲一下没有了,脚怎么也踩不上去。他着急,想扶我上去,又因我是女兵而不便出手,便索性把手掌摊开:"踩在我的手掌上。"

我更觉得不合适。他却仍把手摊着。我只好踩上去。他的手很硬,我像是踩在一块石头上。他用力一托,我骑到了马上。

"不错!左手抓紧马缰,右手抓紧鞍前铁环,前脚掌踩实马镫,马小跑时,屁股抬起;马跑开后,踩住脚镫,屁股和马鞍脱离。你看到过骑马的人,他们怎么骑你就怎么骑。"

但我还是紧张得手心冒汗,两腿发软。我为刚才的话后悔死了。就在这时,他拍了一下马屁股,说了声:"老黑,去!"

那马引颈嘶鸣一声,我吓得差点惊叫起来。

团长说:"老黑,爱护新同志,跑稳一点。"

老黑短促地打了个响鼻,像是听懂了。它迈开步子,走了几步,步幅慢慢加大。然后小跑起来,但它不是那种颠人的碎步,而是把那种飞奔的速度变慢了,像慢镜头一样。我心里的恐惧没有了。有一种飞翔的感觉。我试着来适应这种飞翔。我两侧的大地像一块被它快速扯开的布一样铺展开,前面的世界越来越快地迎面扑来,但我浑然不觉。风声从耳边掠过,有力的马蹄声被马抛到了身后。

我突然担心,这匹马会一直奔跑下去。我的确不知道怎么让它停住,怎么让它返回。我只有一个想法,想滚落到地上去。我想象着那些骑马的人,想象他们是怎么做的。但这些脑袋里的想法一出现,就被风刮飞了,只留下了一些残留的意识。这些意识告诉我,勒住马缰,我的右手这么做了。马长嘶一声,后腿直立,前蹄腾空。我觉得身体发虚,像被抛起,但等到它前蹄落地,我又落到了马鞍上。

这马一气已跑出至少 20 里地。我勒马立定,放眼四望,空无一人,只有秋后荒原无限辽阔的寂寥。我想起陀思妥耶夫斯基的西伯利亚。想起 1849 年圣诞节前一天的午夜 12 点整,他第一次被戴上镣铐,被押上无篷雪橇,踏上赴西伯利亚的苦旅。退役工程兵中尉的罪状是在一次聚会上宣读了《别林斯基致果戈理的信》,因此被指控具有自由思想,在对待君主和祖国的态度上有触犯法律的越轨行为,剥夺职位及一切财产权并予以枪决。最后被判决为剥夺一切财产权,流放要塞服苦役八年。尼古拉一世最后批示改为服苦役四年,贬为列兵,但他的仁慈"要在准备执行死刑的最后一刻宣布。"

我无论如何也难以想象在西伯利亚零下40摄氏度的严寒和狂风暴雪中他在敞篷雪橇上是怎样度过的。真是一同被流放的十二月党人丰维津和安年科夫的妻子来看望他们时赠送的福音书？还有那两位妇女渡过额尔齐斯河，在零下30摄氏度的严寒中再次为他们送别？我承认，我忍受不了那样的苦楚。但为了他，我也会跟随他们涉过西伯利亚，直到鄂木斯克监狱，甚至守在那里，在附近乞食，委身于无数人，活下来，等待他被释放。我想，我能够做到。

我想起了他的羊角风。这病起于何时，我不得而知。他的女儿和弗洛伊德认为是受到他父亲被农庄的农奴打死的刺激引起的；有人认为是在对彼得拉舍夫斯基小组成员执行死刑时吓出来的——一位当场疯癫，另一位白发变黑；还有人说是西伯利亚服苦役留下的。也有人说他是在工程兵学校读书时，有次出席彼得堡上流社会的家庭舞会，有人将他引见给贵族少妇谢尼亚维娜，他被她的美貌所震惊，当场昏厥。他当时十九岁，和我现在同龄。想到这里，我就想笑。

这次美的打击造成了他成名作《穷人》和《白夜》中的女性主人公都是一无所有、地位低下的青年女子。他一生所爱的女人除女权主义者苏斯洛娃外，也都是一些底层女性。他一生有过三次狂热的恋爱和两次婚姻。第一次爱上的是别林斯基文学沙龙主人巴塔耶夫的妻子巴塔耶娃。第二次恋爱发生在流放期间，爱上的也是有夫之妇玛利亚，经过三年的追求，终于在1857年与玛利亚结婚。他1861年回到彼得堡后，与玛利亚关系恶化,与此同时认识了年轻的苏斯洛娃。他将其全部激情倾注在对苏斯洛娃的狂热追求中,但最后无果而终,得到的只是疯狂的赌瘾。直到遇到安娜,他的生活才真正安宁。

我其实可以做个像安娜那样的女人,使他摆脱债务,成为父亲,羊角风慢慢痊愈,戒掉赌瘾……

想到这里,我的眼泪突然涌出,流得满脸都是。我突然想到,我不可能成为安娜,更不可能成为苏斯洛娃,只能成为西伯利亚的玛利亚。

我勒转马头,往回走去。马儿走得很慢。但一声隐隐的呼哨声,唤得它再次如风般疾驰起来。

那是团长的呼哨。那匹马快到团长跟前时,大家都朝我欢呼。团长拉住马缰,拍了拍它的脸,然后看着我:"一个女骑兵已经诞生了!"他说着,伸出手来,要扶我下马,我犹豫了一下,把手放在了他的手上。他的手像一把钢锉,热烘烘的,我感觉自己的手正在被他的手吃掉。

我感受到了自己的虚弱,我几乎是从马上滚下来的,脚落地后,竟没能站住,他不得不扶着我,而我的手,则紧紧地抓住了他的肩膀。

就在那一刻,我突然想起了班长给我说过的陀思妥耶夫斯基在《少年》中写的话:"没有什么能摧毁我,没有什么能压扁我,没有什么能让我吃惊。我有看家狗的顽强生命力。"

那每个字都闪着光芒,异常清晰。

七年前那场赛马

一

　　马木提江的朋友卢克离开这里时,是塔合曼边防连的中尉军官,所以草原上的人都叫他卢中尉,马木提江也一直这么叫。他是马木提江见过的第一个在塔合曼草原能和得过金马鞍的塔吉克族骑手一决高下的汉族骑手。他走了七年了,草原上的人还会偶尔提起他。

　　卢克说他最近要回塔合曼草原来,马木提江早就在等着这一天了,马木提江想把七年前那件事情的真相告诉他。但现在,马木提江不想让他来。萨娜和他的想法一样。卢克曾爱过萨娜，也许现在心里还爱着，但因为他在那场赛马中输掉了，萨娜后来成了马木提江的妻子，成了卢克的妹妹。现在，他们三个人彼此爱着，像兄妹一样。马木提江的孩子们没有见过他，但孩子们知道他们有这么一个汉族舅舅。

卢克离开这里后，已有好几次说要回草原来看看，想和马木提江以及海拉吉大爷再赛一次马。他常常写信给马木提江，草原上闹雪灾那一年，他给马木提江和萨娜寄了一大笔钱来。他们也常常给卢克写信。但说的话都没有他说的好听，他们无非是告诉他，草原上谁死了，谁搬到城里去了；草原上有电灯了，可以看电视了，谁谁谁买摩托车了——人们叫它电毛驴；或者就是萨娜怀了孩子了，萨娜生了，萨娜又怀上孩子了，萨娜又生了……都是一些家长里短的琐事，不像他信里的那些话儿，读起来比鸟儿的叫声还要好听。他们虽然不是亲人，但比亲人还要牵肠挂肚。卢克说这里的羊肉好吃，马木提江就养了一只最肥的羊给他留着，前年那只羊已经老了，马木提江不得不把它卖掉。现在马木提江又给他养了一只年轻的羊。

马木提江之所以不想让他来，是因为草原上再也不赛马了，他不知道还有什么办法来满足卢克再赛一场马的愿望。现在，年轻人都喜欢飙车。但马木提江不能告诉他，他不能让卢克还没有踏进草原就感到失望。七年前，他离开这里到乌鲁木齐后，他们就再也没有见面了。马木提江和萨娜是多么想见到她啊！

萨娜几天前就把毡房收拾干净了，毡子和被褥都已被她拿到河里清洗过。孩子们不停地问马木提江，我们的汉族舅舅哪天来？他现在走到哪里了？

卢克当年骑的那匹叫烈火的军马已在去年退役，马木提江现在养着它。昨天中午，趁天气暖和，萨娜用温水把它洗刷干净了，她还给它梳理了鬃毛，使这匹老马看上去一下年轻了许多，皮毛闪着绸缎一样的光泽。

烈火退役的时候，北疆那个哈萨克族马贩子又来了。他长着一个鹅卵石一样的大脑袋，有一张扁平的脸，红脸膛，宽额头，阔嘴巴，朝天鼻，没人记住他的名字，人们一直叫他"老狮子"。其实他才四十多岁。牧民每年快离开夏牧场的时候，他都会带着两个小眼睛的伙计，开着一辆哐哐响的大卡车，来到高原上，收购养肥了的老马和公马，贩到高原下杀了做熏马肉。哨卡里退役的军马也大多是被他买走的。烈火是马木提江硬从老狮子手上买过来的。

马木提江现在还记得当时的情景。他听哨卡的军官对他说过，烈火这两年就要退役了，所以他一直惦记着它。他那天刚从夏牧场迁到冬牧场，帐篷还没有搭起来，连队那个放马的维吾尔族战士买买提就骑着一匹枣红马赶过来了。他说他到处找马木提江，说老狮子要把烈火买去做熏马肉，哨卡的战士都舍不得，但也没有办法，他想让马木提江把烈火买下来。马木提江一听就急了，赶紧骑马跑到哨卡。他勒住马缰的时候，又高又壮的老狮子和他的伙计已把烈火赶到了卡车上，正准备离开。

烈火像受了侮辱似的，在车上徒劳地又咬又踢。

马木提江跳下马背，把车拦住，对老狮子抚胸施礼后，说，朋友,差不多有一年没有见到你了。

老狮子把鹅卵石一样的大脑袋从车窗里伸出来,用闷雷似的声音说,这不是我的朋友马木提江吗?你是不是有马要卖啊?

马木提江说,我没有马卖给你,我想请你把你刚赶上车的那匹红马卖给我。

为什么啊?

那是一匹好马。

老狮子哈哈大笑起来,笑得路边干河床上的石头直蹦跶,车上的马也惊慌地哀鸣起来。他笑完后,从驾驶室里挤出熊一样的躯体,说,我十几岁就跟我爹贩马,我看到的马都是带着烟火味儿的、香喷喷的熏马肉。

我想把烈火买来骑,你多少钱买的?我把钱给你。

朋友,你难道没有看到我已经把它装上车了吗?我这一车不装满,从这里到喀什噶尔再到乌鲁木齐要浪费多少汽油啊!

那你出个价。马木提江仍然拦着他,变软了口气,说,那匹好马的名字叫烈火,它原来的主人是我的好朋友,在赛马时它为它的主人夺得过一副银马鞍。现在它老了,我实在不忍心让这么好的一匹马去做熏马肉,所以我要买下它。

老狮子听马木提江这么说,就说,我们哈萨克人也是喜欢骏马的,你既然这么说,我就答应转卖给你。我买的时候是两千五百块钱,我现在得增加三百块钱了。

能救下烈火,马木提江当即答应了。它从此就成了马木提江家的马。当马木提江把它赶到他家马厩的时候,他真的很高兴。他第二天就到乡上的商店里给卢克打电话,把这件事告诉了他。卢克在电话那头哭了。

马木提江想到这里,又往公路上望了一眼。每一辆汽车从公路上驶过时,都会把他的目光扯过去。但萨娜的眼睛只盯着手里的活儿,好像早就把卢克忘掉了。

二

萨娜知道卢克这么多年不回来的原因。他要等到自己能把她真的当作妹妹的时候才会回来。他已经花了七年时间在做这件事情。而萨娜也一样。把一个自己最爱的男人变成哥哥很难,她只有恳求时间来帮忙了。草原上的人很少感觉到时间这个东西,它对牧人的用处只有一个,那就是让他们的孩子慢慢长大,让他们自己快快变老。但这七年中,萨娜感觉到了它每一天中每一秒的存在。咔、咔、咔……每一秒钟走过的声音都那么清晰。有时急,有时慢。急的时候,无数个声音成了一个声响,像炸雷一样可以惊动世上万物;慢的时候,那声音拉得很长,像萨娜唱歌时拖的尾音。

马木提江和卢克都爱萨娜,所以萨娜是个幸运的女人。但萨娜只能嫁给其中的一个。用赛马来决定,是两个男人自己商量的。他们本来就是好朋友。他们同时想到了草原上这个古老的办法。

人们都说那是草原上最精彩的一次赛马。他们几乎同时抵达终点。他们的距离只有一个马头那么远。就那么一点距离,对萨娜来说，却是不同的两种人生。但那个距离是必需的，他们不能同时抵达。爱可以一起往前走，但肯定有一个人不会有目的地。他们两个人中，注定有一个人要在路上做一个爱情的流浪汉。

萨娜只能默默地看着卢克离开这里，目送他越走越远。当他消失在达坂另一边的时候，萨娜流着泪叫了一声哥哥，就伏在马鞍上，当着那么多人的面哭了起来。因为萨娜在那个时刻意识到，她这一辈子恐怕再也见不到他了。

萨娜做着手里的事。她知道班车什么时候到。她也想往马路上望，但她是个女人，她不能那么做。她只能偶尔装作不经意地瞟一眼班车开过来的方向。

她和卢克在那场赛马之前就认识了。他那时还不是军官，而是克克吐鲁克边防连前哨班的班长，萨娜家的夏牧场就在哨卡附近。

萨娜初中毕业后，就回到了夏牧场帮爸爸放羊。她那年十四岁。她不想再坐在教室里，连做梦都想着披着白雪的慕士塔格雪山和清凉的夏牧场。离开学校后，她如愿以偿地做起牧羊女，骑着马，指挥着牧羊犬，在四周都有雪山的夏牧场放牧家中的七十多只绵羊、十二头牦牛、三峰骆驼和七匹马。前哨班在高高的达坂上，站在那里，可以摸到柔软的白云。

萨娜每天都看见他骑着马，全副武装地带着几名战士沿着边境线巡逻。他有一张黑红而文气的脸，他骑在马上的时候，看起来很轻盈。他巡逻回来后，总穿着皮大衣坐在哨卡右侧的大石头旁边看书。那块石头长满了铁锈色的苔藓,像一幅画。那里氧气很少,很多汉族人来到这里后,都会头疼,没承想他还能看书。萨娜有时候骑在马上,可以呆呆地看他半天。她老想着他,想知道他来自哪里,他的家离这里有多远,他想不想念自己的爸爸妈妈,他以后会去做什么,在他的老家,有没有一个姑娘爱着他;她还想知道他看的都是些什么书,书里有什么有趣的知识。她有好几次忍不住想跑到他身边去,但这样的想法让她脸红心跳,她当时并不清楚那是为什么。但只要这样一想,她的脸就会腾地红起来,心中像有一群狐狸在乱跑。

　　萨娜希望每天都看到他。她总在哨卡周围放牧,周围的牧草都被牛羊啃光了,到最后,牛羊啃上一天草,连肚子都填不饱。这让她爸爸感到很奇怪,他问自己的女儿,草场那么大,你为什么只让牲口在那一小块地方吃草呢?萨娜的脸一下红了,但她没法告诉爸爸。她爸爸还说,如果都像你这样放牧,牛羊怎么能够长膘呢?没有办法,萨娜只好把牛羊赶到离哨卡远一点的地方去。

　　有一次,萨娜一个人跟在羊群后面,望着蓝得扎眼的天空,感到天地空得让人难受,就唱起了当地的一首民歌——

>　　塔合曼草原的姑娘长大了,
>　　她的心儿飞走了。
>　　她要寻找一个小伙子,
>　　但没人知道他会在哪里。

她刚唱到这里,就有人把她的歌声接了过去——

> 雄鹰高飞在蓝天上,
> 雪莲花盛开在冰雪里,
> 姑娘啊,你要找的意中人,
> 肯定和烈马在一起。

萨娜一听就知道,那个唱歌的人是个汉族人,因为他是用塔吉克语唱的,他的歌声里有一股很特别的汉族人说话的腔调。循着歌声望过去,萨娜瞪大了眼睛,她不敢相信卢克正骑着军马向她走来!

卢克离萨娜还有一段距离。他身后的雪山和天上的云一样白,反射着太阳的光,雪山下的岩石是褐色的,或深或浅的牧草从褐色岩石的边缘铺下来,沿着他走的路,越过那条发亮的小河,一直铺到她站立的山岗上。这使他显得很小,他骑在马上,像一个奇怪的小动物在不慌不忙地向前移动。他的声音就是从那么远的地方传过来的。萨娜是第一次听到他的声音。她没有想到的是,他会说塔吉克语。她觉得她的心在那一刻跳得特别快,她感到自己像要晕过去,要从马背上滚下去。

卢克从前哨班回连队必须经过这个山岗。他穿着迷彩服,一边走,一边往萨娜所在的地方望。他走着走着,提了一下缰绳,他的马小跑了起来,他胯下那匹马真黑,像一团墨。萨娜慌忙整理了一下自己的衣服,她后悔自己今天没有把最漂亮的衣服穿上。他的脸越来越清楚。他的脸和高原上的塔吉克族男人的一样,像铁一样黑亮。他老远就向她笑着,他的牙齿很白。他在山岗下勒住黑马,用塔吉克语对她说,小姑娘,你的歌唱得太好了。

萨娜见他用长辈一样的口气跟她说话,有些愤愤不平。因为萨娜知道,这前哨班里的兵,也不过就是十八九岁的男孩子,比她大不了几岁。萨娜用汉语说,你唱得也不错,这首歌塔吉克人已唱了几千年,但我还是第一次听一个汉族人用塔吉克语唱它。

我的塔吉克语是跟我们连队的翻译学的,就会一些很简单的对话,你刚才唱的那首歌,我们连队的翻译刚好教我唱过。哎,我发现你的汉话说得也挺好的。

我在学校学过,天天在这里放羊,没人说话,有些话已经不会说了。

你为什么不上学呢?

我不想上学了,但我喜欢读书,我认识很多汉字,我还可以看汉文书呢。

嗯,不错嘛小姑娘,骑在马上,可以一边放羊,一边看书,这可是件挺美的事儿啊。

我看见你总坐在哨卡旁的那块石头下看书,你读的是什么好看的书啊?你能把你的书借给我看看吗?

好看的书很多,我可以把我看过的书送给你。

好啊！你说的是真的吗？

我回连队去拿点东西，马上就回前哨班，到时顺带把书带给你。他说完后，打马要走。走了几步，他又回过头来，说，哦，小姑娘，能不能告诉我，你叫什么名字呢？

他又叫了一声小姑娘，真可恶！萨娜在心里说完，噘起嘴挺不情愿地对他说，我叫萨娜。

萨——娜——他把这个名字在嘴里念了一遍，点点头说，嗯，这个名字很好听。

你以后不许叫我小姑娘，你必须叫我的名字。萨娜很认真地对他说。

他笑着答应了，然后说，我的名字叫卢克。说完，黑马就驮着他飞快地跑远了。

萨娜记住了这个名字。她哪儿也不去，就站在那个山岗上等他。她记得很清楚，有一个瞬间，她觉得自己比脚下一棵刚刚钻出地面的草还要微小，但又觉得整个高原和高原以外的地方——包括天空——都在她的周围运转。她是一个微小的中心，一个璀璨得像宝石一样的中心。

三

卢克从军校毕业后，回到了帕米尔高原，被分配到塔合曼边防连当排长。他是在这里认识海拉吉和马木提江的。海拉吉那时已是个六十九岁的老人，马木提江还是个没有留胡子的小伙子。他们是在一次草原赛马时认识的。

卢克记得当他跨上烈火时,看到一个留着一部泰戈尔式白胡子的老头骑着一匹并不起眼的黑马,一边用塔吉克话叫着"还有我海拉吉呢!还有我海拉吉呢!",一边向骑手们跑来。

看到他那么大年纪还要赛马,卢克忍不住笑了起来。但其他骑手一听到他的声音,都把胸膛挺了起来,他看到每个人都用致敬的目光看向海拉吉致敬。

挨着卢克的骑手才十七岁,高鼻深目,面色黑亮,骑着一匹本地产的白马,他用装出来的很老成的声音和卢克搭话,朋友,我叫马木提江,很高兴看到你和我们一起赛马,你会说塔吉克话吗?

卢克点点头,我叫卢克,刚分到塔合曼边防连当排长,这是我第一次参加草原赛马。

马木提江看着前面的草原,问他,你听说过海拉吉吗?

卢克看了一眼草原尽头的雪山,有些不以为然地说,在帕米尔高原,谁都知道海拉吉是最好的骑手,我刚才看到他了,我是第一次见到他,他不过是个调皮的老头儿,他这么大一把年纪了还来赛马,非得把一把老骨头颠散不可。还有,你看他的马也是一匹破马。

马木提江保持着骑士般的风度,没有在意不知天高地厚的卢克对他崇敬的骑手的轻慢,说,我们塔吉克人只有发现自己不能骑着光背马飞奔时,才会承认自己老了,你看他还能参加赛马,怎能说他老了呢?他玩弄着手上的马鞭,接着说,还有一点我不得不告诉你,一个好骑手是不依赖马的。

出于对长者的尊敬,卢克没有再说什么,只在心里说,赛马赛马,不依赖马怎么能叫赛马呢?马重不重要,等会儿跑下来就见分晓了。

当二十多匹各种颜色的骏马伴着烟尘,嘶鸣着,像流星一样掠过草原的时候,欢呼声轰然响起,但又轰地被甩在了身后。在卢克眼里,雪山像一块突然向后撕扯开的白布,他仿佛能听见布匹被撕裂开后那种尖厉刺耳的声音。成百上千的观众骑着马在赛道两侧跟着飞奔,喊叫着,打着呼哨,为自己喜欢的骑手加油。金色的草原剧烈地震动着,像个充满生命力的巨大载体。前面 5 公里赛程骑手们几乎都是并驾齐驱,不分胜负,但没过多久,卢克的烈火就冲到了最前面。它冲破高原坚硬的风墙,四蹄好像没有沾地,他感觉它不是在奔跑,而是在飞翔。他们的血液在一起奔涌,他和自己的骏马已成为一个整体。他可以感觉到它撼人心魄的俊逸昂扬之姿。有一会儿,整个世界屏息静气,他知道人们都在惊叹;然后,声音轰然而起,人们都在赞美它——啊,看,火一样的天马!他听到了忽远忽近的雷鸣般的欢呼声。

10 公里赛程眼看就要到终点了,这时,卢克感觉有一黑一白两匹马像黑白两面旗帜,从他的一侧唰地招展而过。他没想到还有比烈火跑得更快的马,他轻轻地磕了一下马腹,示意它超过他们。烈火立马就明白了,大概就几秒钟时间,它就超过了那匹白色闪电,然后又很快超过了那匹黑色闪电。离终点大概只有四五百米远的距离了,卢克心里充满了自豪感,他认为烈火必胜无疑。但转瞬之间,那黑白两匹闪电相继划破高原,到了他的前面。烈火马上意识到了,它的头和脖子几乎拉成了一条直线,恨不得变成一支利箭,把自己射向目的地,但那匹黑马已经冲过了终点。在最后的关头,马木提江的白马的马头也越过了终点,虽然仅有微毫之差,但烈火还是落后了。

当卢克勒住马缰时,他不得不承认,马木提江刚才对他说的话是对的。

马木提江向他祝贺,说,在这高原上,这么多年来,还没有一个汉人成为你这样厉害的骑手。

卢克说,如果我相信你刚才的话——好骑手是不依赖马的,我也许不会落后。

这话是骑了一辈子马的海拉吉大爷感悟出来的。草原上的赛马不是赛你胯下的骏马,也不是赛你这个骑手的骑术,而是在赛你和你的骏马是否一直是一个整体。人和马的力量要合而为一,这样,你才能一马当先。但我们常常只依靠马,也有某个瞬间,你感觉人和马成为一体,血脉相通了,但只能是一个瞬间。这也是海拉吉告诉我的。他是赢得过三副雕花金马鞍的骑手,最主要的是,他赢得了草原上最美的姑娘阿曼莎那颗像花儿一样芳香的心。

四

从喀什噶尔开往高原的那趟班车从达坂后面冒了出来,车头上顶着正在偏西的太阳的反光,像照相机闪光灯那样很亮地闪了一下。萨娜的心也随着闪了一下,心里充满了奇特的亮光。

正在码牛粪饼的马木提江把一团牛粪啪地摔在牛粪堆上,一下跳起来,高兴地说,萨娜,班车来了,这个破班车今天走得太慢了!说完,就往公路上跑。

你看你高兴得那个样子!你一手的牛粪,快洗洗手!

没事,我抓一把土搓搓就行了!

孩子们也跟着他往公路跑去,叽叽喳喳的,像三只麻雀。马木提江把最小的孩子抱起来,让他骑在自己的肩上。

萨娜把衣服抖了抖,把自己周身打量了一下,追上马木提江,问他,你看我穿这样的衣服去接他行吗?

马木提江笑了,故意逗她,又不是相亲,屋里有一面镜子,你自己去看。

你就是我的镜子。

你今天就是穿着乞丐的衣服也是最漂亮的。

那辆破旧的班车装着一车疲惫的人,穿过孤独的高原,孤零零地开过来。在慕士塔格雪山的映衬下,那辆车显得很小,像卢克寄给马木提江的孩子们玩旧了的玩具车。萨娜老远就看见卢克把头从车窗里伸出来,微笑着,向他们招手。班车拖着一道白色的烟尘,在路边停住了。有一个瞬间,他和他的微笑被烟尘淹没了。

萨娜的心在那个时刻跳得特别快,像有无数匹顽皮的马驹在里面奔跑。时间在那个时刻发挥了神奇的作用。它让那七年的时光消失了,只留下了一道浅浅的刻痕。恍惚中,她看到的他不是坐在班车上,而是骑在烈火上,向她疾驰而来。她再也忍不住自己的眼泪，但她马上背过身去，把眼泪擦掉了。她要笑着来迎接他。

他从车门里走出来了。这里只有他一个人下车。他还是那个瘦高瘦高的样子，只是皮肤比过去白了，人也显得文气了好多。他先和马木提江拥抱，然后又和萨娜拥抱。她闻到了他身上那种城里人的气息。孩子们好奇而羞怯地望着他，他走到他们身边，俯下身子亲了他们脏兮兮的小脸蛋，说，快，快叫舅舅！他们叫了，于是，他在每张小脸上又亲了亲，亲得最小的孩子咯咯咯地笑起来。

这时，一阵马蹄声由远而近响了起来，烈火从一个高岗上跑下来。卢克马上呼喊起来，烈火，烈火！

马木提江说，它迎接你来了，你看它跑得多美啊，跟当年一样。

烈火来到卢克跟前，嘶鸣了一声，前蹄腾空，在他面前来了一个漂亮的直立，然后才掉过头来用嘴蹭他。他一直忍住没有流下来的眼泪，在那个时刻再也忍不住了，他抱着它的头哭了。

卢克来到房子里，把箱子打开，像变魔术似的拿出了好多东西：他给马木提江和萨娜及孩子们每人买的新衣服，还有糖果、冰糖、茶叶、城市里的糕点，给孩子们买的玩具和童话书。孩子们看到那些玩具，马上争抢起来。他看着他们，教他们玩那些玩具，他一直开心地笑着。

五

马木提江昨天晚上没有睡好。他昨天晚上和卢克喝酒时就想把那件事情的真相告诉他。七年了,他一直想着那件事情。它压在他的心里,把他压得很难受。

他用手枕着自己的头,眼睛望着天窗外有三颗星星的一小块蓝布一样的夜空发呆。睡眠像马一样在眼前跑来跑去,但他就是睡不着。最后,这些睡眠真的变成了马,他眼前的有星星的夜空变成了宽广的草原。这些骏马从往事中跑过来,又跑到往事里去,就这样来回奔跑着。他感到很累。萨娜躺在马木提江的身边,她的三个孩子像三只小牧羊狗一样挨着她躺着。春天刚来不久,晚上还很冷,怕冻坏那些小牲口,所以在房子的一角还挤着七只羊羔、两头牛犊、两匹马驹和一峰前天才出生的小骆驼。它们现在都很安静,像刚出生不久的孩子。它们一直要和主人居住到天气完全转暖为止,主人也会像照顾自己的孩子一样照顾这些可爱的小家伙。

卢克躺在灶台边——那是马木提江家房子最暖和最尊贵的地方,他坐了那么远的车,又和马木提江一起喝了那么多的酒,显然是累了,他的有些霸道的鼾声把马木提江的房子填满了,好像他是这房子的主人。想到这里,马木提江忍不住笑了笑。

马木提江怎么也不会想到,他和海拉吉这两个得过雕花金马鞍的骑手,现在会成为这么孤独而又不合时宜的人。人们原来对骑手是那么尊敬,现在人们常常用半玩笑半嘲弄的方式对待他们。人们对海拉吉还要尊重很多,因为他已是个胡子和雪一样白的老人。对马木提江,他们就不客气了,有人跟他打招呼时,常常在老远就对他喊,啊,我们尊敬的骑手马木提江先生来了！或者是,马木提江先生,你要骑着你的骏马到塔什库尔干城吗?你的骏马跑那么快,能跑过县长刚换的越野车吗?要么就是,哦,这不是我们得过雕花金马鞍的骑手马木提江先生吗?我以为你会骑马到喀什噶尔呢,没想到你也会坐班车啊……对于这些拌了石头和沙子的问候,马木提江大多数时候都只以骑手的尊严对他们点点头,报以礼貌而又不易觉察的不屑,从不用言语搭理他们。

除了因在前年的雪灾中遭了灾还没有缓过劲来的几户人家,塔合曼草原上的牧民现在放牧都骑摩托车了,年轻人更是早就不骑马了。他们骑着摩托车像狼群一样在草原上奔突,现在有些人还买了小四轮、吉普车。

原来,塔吉克人、柯尔克孜人在塔合曼草原生活了数千年,成千上万匹骏马在草原上奔跑了数千年,草原还像地毯一样平展;现在,这些橡胶轮子从草原碾过后,就像刀子划过母亲的身子,留下了纵横交错的伤痕。只要这些车还在草原上跑,这些伤疤就只会溃烂,不会愈合,无数的车辙留下了蛛网般的、不再长草的"马路",一有风,白色的尘土就飞起来,整个草原尘土弥漫,把蓝色的天和闪着银光的雪山都染黄了。草原变得难看了,像一个年轻的母亲在一夜之间变老了。马木提江每次看到草原,心里就会异常难过。这哪里还像牧人的家园啊?他觉得原来那个美丽的草原再也不在了。

原来这个草原有成百上千匹马,现在马已经很少了,可能连两百匹还不到。叶尔汗爷爷和哈丽黛奶奶原来每年都会从喀什噶尔城返回到草原上来听马蹄声,那时,他们还能听到马群像风暴一样从草原上掠过。幸好他们在八年前去世了,如果他们现在回到草原上,看到这个样子,不知道该有多么难过。

夜越来越深了,高原上只有风的声音。天窗上再也看不到星星,星星像是被风刮跑了,只有一小块灰黑色。

马木提江叹息了一声,睡意终于爬进了他的眼睛。他跟自己说,我得睡了,明天一大早,我还得给卢克备马呢。

六

卢克不知道那阵风是什么时候掠过草原的。那是他熟悉的尖啸声,像一声凄厉的狼嚎。他在这高原共计待了八年,听惯了这种风的声音。今天,它唤醒了他。

夜色笼罩着草原。那一方小小的天空已经变黑。屋子里很暗。只能听到马木提江野兽一样的鼾声。在他鼾声的间隙里,可以听到萨娜和孩子以及那些小牲畜的呼吸声。牛粪火、泥土味和大家的气味混杂在一起。这种气味卢克并不陌生。那匹小马驹不知是何时卧到他身边来的。它舔了舔他的脸。他在黑暗中抚摸着它。它安静了,显得更加乖顺。

屋外马厩里的烈火嘶鸣了一声。它知道卢克醒了。

夜风一定扬起了烈火的鬃毛。它的鬃毛像火一样,可以把夜晚点亮。今天就是它火一样的鬃毛点亮的,黎明已经降临。

风也把卢克的记忆带到了萨娜的夏牧场。他想起了那个骑在马上老向前哨班眺望的少女。她红色的衣裙在海拔四千多米的高原上十分醒目。她像一朵永不凋零的花,一朵开放在马背上的不知名的花。

那天,她在卢克眼里就是一个小姑娘。虽然他只比她大四岁,但他已是一名下士班长,已在边防待了两年。边防的生活是孤寂的,哨所周围只有到了夏天,才会有几户牧民前来放牧。他原来也不知道,哨卡附近的夏牧场是萨娜家的。卢克知道她爸爸阿布杜拉的名字,但不知道他有一个长得像雪莲花一样的女儿。

这些牧民是卢克在那个时节能见到的除军人之外的其他人类。每一个来到前哨班附近的人都让战士们惊喜,更何况萨娜是一位穿着红裙子的少女呢。从发现她的那天起,战士们就喜欢远远地看她。她看不清他们,但前哨班的七个人已在高倍望远镜里无数次地看过她。她不知道,她细长的眉毛、黑而深的眼睛、高高的鼻梁、帽子上绣的纹饰、裙子上的花朵,还有她望着哨卡时那种专注的神情,他们都能看得一清二楚。她是个迷人的姑娘。她出现不久,她就成了那个哨卡里说不完的话题。

卢克那天向她走去的时候,他知道他身后兄弟们的六双眼睛一直跟踪着他。他们说,班长,你去把她搞定。卢克说,你们这群粗人要注意用词啊。他们呵呵笑了。他走到路上,听到了她的歌声。她的声音在坚硬的风里显得那么清凉柔软,让人总想从马背上滚下来。

当他从连队返回的时候,她还站在山岗上,见他骑马返回,她从马背上跳下来等他。卢克打马来到了山岗上。他的黑马喷着响鼻,跑得很快。他把一大捆书递给她。她接过时,腰弯了一下。她肯定没有想到,当轻薄的纸张印上文字,装订在一起,再捆成一捆的时候,会变得那么沉。

这都是些小说,有我们国家的作家写的,也有外国的作家写的,你慢慢看。

萨娜的眼睛望着卢克。从她的眼睛里,他发现了忧伤和孤独。但她的眼神像羔羊和马驹的眼神那样纯洁、清澈。

她后来跟卢克说过,她曾试着到离哨卡更远一些的地方去放牧。但哨卡牵扯着她,好像她的魂儿已经留在那里了。她一天看不见哨卡,就感到身子都空了。她爸爸非常生气。她只好跟他撒了一个谎,说自己胆小,害怕没人的地方有狼。

七

天刚刚开亮,萨娜就醒了。马木提江和孩子们睡得很死。她记起昨天晚上又做了那个梦,她梦见她和卢克骑着马在草原上跑。那个草原牧草丰茂,鲜花盛开,无边无际,他们怎么也跑不到草原的尽头。卢克每次都让萨娜跑在他前面,当她跑着跑着,回过头去,他都会没了踪影,只有那匹马独自兀立。当她急得要哭的时候,那匹马总会跑到她的身边,说,萨娜,你不要难过,我就是卢克。自从卢克离开高原,萨娜过上一段时间就会把这个奇怪的梦做上一次。梦境当然是有差别的,但主要的情景差不多。

萨娜从梦境中回过神来,往卢克睡觉的地方看去,他已不见了踪影,只有那匹小马驹像个孩子似的卧在那里,样子憨憨的,和她的孩子一样可爱。天哪,她真害怕那匹小马驹会突然对她说,萨娜,我就是卢克。她想到这里,忍不住笑了。

他一定是看高原的清晨去了。他喜欢高原的清晨,他跟萨娜说过,他喜欢那种带有寒意的风景。他就是喜欢这些草原上的牧人看似平常的,或者根本不在意的东西。

但萨娜一大早起来看不见他,还是很不放心。她的心空空的,像那些只有石头的山谷。她穿好衣服,拢了拢凌乱的头发,喝了一口昨晚没有喝完的茯茶,漱了口,拿起马木提江的羊皮大衣,低着头,出了门。

天还没有大亮,草原上空气冰凉。萨娜看见卢克牵着烈火,在草原上溜达着,在薄薄的晨雾中,他和烈火的身影显得很模糊,像一个小小的影子。

有一阵风差点把萨娜推倒,风声像刀子一样尖利。他的衣襟和烈火的鬃毛都猛地向西边飘去。风推着她,让她踉跄着跑向他。风使他听不见她的脚步声,但烈火知道她正向他们走去,它仰起头来,回头望了她一眼。它的眼神和他的那么相似,有时像卡拉库里湖的湖水,有时又像炉子里的火。

卢克曾对萨娜说过,他希望做个塔合曼草原的牧羊人,每天跟她骑着马,赶着一群羊,到草原深处去放牧。有一次,他们牵着马,跟在她家的羊群后面,像在云上漫步,直到夜幕降临。那是他们恋爱的时候。那是萨娜最美好的回忆。

卢克和马木提江是完全不同的两个人,卢克希望时间能停留下来,恨不得把一分钟变成一辈子;马木提江则和他相反,他总爱骑着烈马,带着她在草原上狂奔。他希望萨娜因为害怕而紧紧地搂住他的腰,但她的骑术并不比他差,即使马跑得飞快的时候,她的身体也可以不挨他。

卢克那么专注,她不知道他在想什么。她把皮大衣披在他身上,他才回过神来。他回头看见是她,惊喜地说,萨娜,你怎么这么早就起来了?

你比我起得更早啊,你看,这么大的风……

卢克把大衣取下来,披在萨娜身上。他把衣服披好后,打量了她一番,笑着说,这么多年了,你怎么还是那个小姑娘萨娜啊!

我的哥哥,你不要安慰我了,你看这高原上的风和太阳,就是萨拉日·胡班①来到这里,要不了几年,也会变老的。萨娜执意要他把皮大衣披上,她说,你从城里来,哪经得了这样的风啊?

卢克说,萨娜妹妹,你的哥哥什么样的风都能经受。你快回去,我遛遛烈火就回来,我有七年没有跟它在一起了。

听他那样说,萨娜就披着马木提江的羊皮大衣往回走了。她有些伤心。她想对他说,我也有七年没有见到你了。她有些羡慕烈火,她想自己能变成烈火就好了。

卢克考军校走的那一年,因为不能再见到他,萨娜没有回她家的夏牧场去。她知道,卢克已把她的心拿走了,她不想拿回自己的心,她想让他把自己的心霸占着,一直霸占着。她在塔合

---

① 塔吉克民间传说中的唐公主,一位有天仙般容颜的女子,塔吉克语意为"群芳之首"。

曼——她家的冬牧场照顾奶奶。

萨娜想念卢克的时候，就读他送给她的书。那些书里写的生活离她都很遥远，她开头读不大明白，但读过很多遍后，那些生活就离她很近了，她觉得那些恋爱的少女就是自己，那里面写的人物都生活在她身边。啊，那些可怜的少女，虽然她们的结局都不太好，但她们的爱多么让人羡慕。她从她们那里看到了自己。她也用她们那样的眼神看过他，也用她们那样的爱爱过他，用她们那样的思念思念过他，她也有过她们那样甜蜜而悲伤的心情。

想起这些，萨娜的眼睛潮湿了。她回头望了他一眼。草原上的晨霭已弥漫开了，她只看见了他和烈火那有些飘忽的影子。他们像刚刚走出她的梦境。

八

马木提江醒来后，萨娜正在灶台前忙碌。他看了一眼萨娜，有些自豪，又感到愧疚。他突然用带着几分苦涩的、满含歉意的声音对她说，萨娜，你跟着我吃苦了。

萨娜坐在炉子前煮奶茶，她虽然已是三个孩子的母亲，但身上还充满了青春的气息。她比马木提江显得年轻。炉子里的牛粪火映在她的脸上，把她的脸映照得像一朵红花，可以看清她眼睫毛上的火光。她鼻翼处的几粒雀斑像是在随着火光跳动。她带着几分羞涩，抬头看马木提江时，她的眼波像荡漾的蓝色湖水，马木提江看到自己和多半个屋子一起，在她的眼波里荡漾。

她听了马木提江的话,什么也没有说,只露出白玉一样的牙齿,微微笑了笑。

她的一举一动还时时拨动着马木提江的心弦。他多么爱她啊,但他从来没有跟她讲过。很多时候,他只会带着她,在马上狂奔,或者唱那些古老的情歌给她听。但她随时都可以感觉到他的爱。他爱她就是这样简单——无非是希望自家的羊能多剪一些羊毛,希望母羊们多下一些羊羔,多产一些羊奶,希望家里不缺吃不缺穿,希望孩子们都能到县城去上学,希望他们长大后能成为他们汉族舅舅那样有文化的人。这就是马木提江对萨娜的爱。

马木提江从萨娜身上闻到了新鲜露水的味儿,你出门去了?

她点点头,把挤好的牛奶倒进铁锅里。

孩子们的舅舅呢?

他和烈火去看清晨的草原了。

让他好好看吧,他有七年没有看到清晨的草原了。哎,我一直没有想通,那有什么好看的?外面冷得很,你该给他送件皮大衣。

每个清晨在我们眼里都差不多,但在他的眼里是不一样的,所以他才看不够。她说完,让马木提江把被子给孩子盖好。孩子们躺在马木提江身边,像三只羊羔子,他们浑身也散发着好闻的羊羔子的味儿,他忍不住在每个小家伙的脸上亲了一下,然后从被子里钻了出来。

奶茶煮好没有多久,卢克回来了,他身上带着清晨的寒意,带着清晨草原的味道,那种味道和萨娜刚才带回来的一样,有一股香气。

一走到草原里面,我就想赛马了。卢克对马木提江说。

马木提江不知道该怎么回答他。他只是说,只要是骑手,一见到草原都会这么想。

七年过去了,草原上肯定有好多新骑手呢。

那是当然。马木提江回答他的时候,眼睛没有看他。卢克的心像被什么东西揪了一下。

九

卢克一眼就看出来了,马木提江想跟他说什么,但每次都欲言又止。喝了奶茶,吃了青稞馕,马木提江终于说了,他说,你知道吗?你应该去看看海拉吉的。

卢克忍不住笑了,他在心里说,你原来就是想告诉我这个啊,这有什么不好开口的呢?他笑着说,我肯定要去看他的。

马木提江一边把馕掰成小块,泡在奶茶里,一边对卢克说,老人快八十岁了,他一直念叨你,等会我带你去找他。

卢克说,算了吧,还是我自己去找他,我熟悉塔合曼草原,你陪你的萨娜吧。

他笑了,我天天都陪着呢。说完,几口把馕吃到肚子里,就去给卢克备马。

配了雕花马鞍的烈火焕发了更加俊逸的光彩,卢克骑上去之后,恍然觉得自己是一位在这个清晨诞生的古代骑士。

配上了雕花马鞍的烈火显得有些激动。它前蹄腾空,引颈长嘶一声,把还沉睡着的草原唤醒了。几只牧羊狗睡意蒙眬地吠了几声。

配上了雕花马鞍的马总想奔跑,卢克不得不紧紧勒住马缰。时隔七年之后,再次骑着烈火走进草原,他想走得慢一些。

地处帕米尔高原的塔合曼草原上,天黑得晚,也亮得晚。远处高耸的山脉只有覆盖了白雪的部分能够看出来,其他部分仍是深黑的颜色。雪山像是浮在天空中的,显得更加高远和圣洁。虽然是无月的夜晚,但草原上洒满了雪光,发白,坚硬,带着寒意。可以看到几匹马伫立在草原上,偶尔可以看到一顶毡帐、几株树,都像剪影一样。

愈往草原深处走,天光愈浓,雪光渐渐消退,山脉越来越清晰,高原像一个婴儿,从黑夜中被无声地、慢慢地分娩出来了,给草原带来了新的活力;河流和沼泽发着光,青草和鲜花的香气开始在回暖的天光中复活,在空气中飘散、升腾,弥漫开来。深绿色的草原变得一片迷蒙,五颜六色的小花像星星显现在天幕上一样,渐渐变得明亮。然后,从雪山后面的遥远的东方升起的太阳,慢慢地将这些大地的气息吸纳,草原上铺上了金色的朝霞,天地瑰丽,有那么几秒钟,生灵万物屏息静气,整个世界庄严神圣。草原四周的白色的毡帐里冒出了乳白色的牛粪烟,羊群像一片片白色的水,从草原四周的毡帐里涌出来,各种牲畜的叫声伴着牧歌声从四面八方传来,向草原里汇集。草原上一片喧哗。

海拉吉已经醒来了,他坐在毡房门口的羊毛毡子上喝奶茶。

他大声说，小伙子，我听见了你，你过来吧！

卢克在海拉吉的毡房后面下了马。

海拉吉站了起来。卢克看见他的背已经弯了，显得很矮小。

卢克以塔吉克人的礼节吻了海拉吉的有马汗味和奶茶味的手，又吻了吻阿曼莎祖母一样的脸颊。

骑着你配了雕花马鞍的骏马的小伙子，我一直等着你回到这草原上来，我以为你再也不回这个伤心地了。啊，快到这毡子上来坐下吧，喝一碗奶茶暖暖身子！他说话时，下巴上那部漂亮的络腮胡子一翘一翘的。

卢克挨着他坐下后，说，尊敬的海拉吉大爷，我肯定会回来的，这些年，我一直牵挂着您，我常常想起当年和您一起赛马的情景。您现在比当年显得还要年轻、漂亮。

哈哈，我也觉得我比原来年轻了好多！他笑着说完，又指了指身边的老伴，自豪地说，你原来没有见过，这就是塔合曼草原最美丽的姑娘、一直住在我心里的阿曼莎！他说到这里，满含深情地看了阿曼莎一眼。阿曼莎已满脸皱纹，但每道皱纹都被幸福填满了，听了他的话，她露出缺了牙的嘴，笑了。然后，她给卢克倒了一碗热气腾腾的奶茶。

卢克和海拉吉像一对父子，坐在草原上的阳光里，坐在变得越来越暖和的高原的风里面交谈着。卢克有时用已经不太熟练的塔吉克语和海拉吉交谈，海拉吉也能讲半生汉语。草原上不时传来他们爽朗的笑声。

十

海拉吉记得，马木提江来向他讨教他能否成为骑手的问题是在他家的黑母羊的肚子鼓起来的时候。它是海拉吉的羊群中一只年轻得很的羊，它是第一次怀羊羔。他和阿曼莎原以为它没有怀上，一直为它会错过最好的产羔时节而遗憾。遗憾一阵，就把它忘了。没想那天早上，海拉吉起来赶着羊群到草原上去放牧的时候，发现它的肚子鼓了起来，他高兴地把阿曼莎叫出来，说，你看这只黑母羊怀上羊羔子了，你看它多像你怀第一个孩子的时候啊，又害羞，又骄傲。

他的话把阿曼莎逗得笑弯了腰。

这时，海拉吉远远地看见一个人骑着一匹白得像雪一样的马，飞奔而来，由于那人是从太阳出来的方向飞奔而来的，太阳光不停地在后面追他。那人的马跑得那么快，海拉吉以为他一定有什么急事需要他帮忙，就赶紧勒住马缰，跳下马来等着。

那人到了他面前，他才看清是小伙子马木提江。马木提江飞身下马，右手抚胸，礼貌地向他鞠躬后，又吻了他的手心。海拉吉看见他的脸色有点发灰，眼睛里布满了血丝，就知道这个小伙子已有好几天没有睡好觉了。

海拉吉说，小伙子，你有什么事就快说。他像不知道该怎么讲了，有些害羞的样子，看着手里的马缰，吞吞吐吐地说，尊敬的海拉吉大爷，我……我……没有什么事情，我只是想让您看看我……我能不能成为塔合曼草原最好的骑手。

海拉吉摸着自己那已经有些花白的胡子，十分爽朗地哈哈笑了，看着他说，马木提江，你也看到了，现在草原上很多年轻人都骑那个突突响、屁股后面冒烟、一溜烟就可以跑到县城去的电毛驴，连马都不骑了，你还来问这样的问题，是不是耍弄我海拉吉老汉来了？

我是真的想成为草原上的骑手，但我不知道该怎样做，我想让您告诉我。

那你是拜师来了？

马木提江点点头，有些激动。

好哇！太好了！你不但喜欢骑马，还要做一名骑手，我真的很高兴！我还以为我是塔合曼草原上最后一个骑手了！他让马木提江坐下，把含烟压在自己的舌根底下，接着说，但我教不了你什么。草原上的赛马不是洋人搞的那种赛马，草原上的骑手之所以成为骑手，是因为他热爱草原，热爱马。你要了解马，马是个性很强的动物，它的外表温驯安静，但内心深处有一种强烈的竞争意识。它们在与同类的竞争中，就是累死也不肯认输，战争中的许多马其实并不是受伤倒下的，而是由于剧烈的奔跑累死的。还有，你必须能够驾驭自己的骏马，这仅靠勇敢和技艺是不够的，还要向马展示你的智慧和爱心。马性强而不倔，非常好强而争胜，能逆风而上，无争名图利之心，你看畜群贪恋水草，但你屁股下的坐骑依然昂首阔步，对丰美的牧草视若无睹，这是因为它有一颗高贵的心——你也看到过，即使是几匹马同拴一个槽头，它们也不会像猪狗那样为争食而龇牙咧嘴，它们的用心不在槽枥之间,而在千里之外。马的德行如此,骑手也要如此,人马同体同德,血脉相通——即使你的马是一匹普通的马,你也能成为一个优秀的骑手。我只能告诉你这么多,但这些话是我用一生领悟出来的,我从小就在马背上溜达。

马木提江听了海拉吉的话后,很是吃惊,他没有想到海拉吉大爷能说出圣言一样的话。他涨红着脸说,海拉吉大爷,我虽然不能完全理解您的话,但我像一个忍着饥渴在荒原上走了很多天的人,终于喝上了热腾腾的奶茶,心里舒服得很。

海拉吉得意地笑了,他也感觉刚才那些话说得带劲。

马木提江不知道该干什么,他玩弄了一会儿马鞭梢,红了脸,突然问海拉吉,海拉吉大爷,我……我还想知道,您认为塔合曼草原上的好姑娘真的都喜欢最厉害的骑手吗?在塔合曼草原上,是不是只有最厉害的骑手才有可能把花儿一样的姑娘娶到自己的毡房里呢?他问完后,抚胸听海拉吉的回答,那样子,虔诚得像一个穆斯林在聆听圣训。

海拉吉哈哈笑了。他一看就知道,小伙子的心被一个姑娘迷住了,小伙子希望从他那里知道,自己的爱情能否有一个美好而甜蜜的结局。他说,以前,这个草原上的姑娘,谁不喜欢优秀的骑手啊!而一个美丽的好姑娘如果不嫁给优秀的骑手,人们就会认为她是在作践自己。当年,我奶奶长得和我的阿曼莎一样美。——那时,伯克的儿子骑着一匹他爹给他从阿富汗的部落头人那里买来的大马,天天给我奶奶献殷勤,但她最后还是嫁给了我的骑手爷爷。我也是和你马木提江一样大的时候,见到了阿曼莎,就发誓要成为草原上最优秀的骑手的,我那时候家里那么穷,但当时草原上最美丽的阿曼莎还是嫁给了我。海拉吉说到这里,叹了一声气。但现在,很少有年轻人还想做一名骑手了,而以前的骑手都老了……骑手是草原的灵魂,没有骑手的草原,灵魂就飘散了。现在,姑娘们都愿意找个有钱的小伙子,嫁到塔什库尔干或喀什噶尔——甚至恨不得嫁到乌鲁木齐和北京去。所以,现在当一名骑手,有可能是不幸的……所以,我劝你打消这个念头,问你爹要一笔钱,也到城里开个店,多挣些钱,娶一个自己喜欢的好姑娘。

马木提江有些沮丧,这并不是他想听到的话。他垂下脑袋,觉得这世界一点希望也没有了。他差点要哭了。

哈哈,马木提江,你是不是喜欢上哪个姑娘了?可不可以告诉我这个老头子,是塔合曼草原的哪一朵鲜花把你年轻的心儿迷住了?

马木提江怕自己眼睛里的泪水跑出来,仍低着头,羞红了脸,小声说,是的……两个月前,我去草原的西边找我们家那匹走失的黄骠马,遇见了一个叫萨娜的姑娘……

哈哈,你的眼光不错啊,他是阿布杜拉的女儿,还是一朵含苞待放的花朵呢,但你已能闻到花儿的芳香,看到她开放时的美丽了。这姑娘会长成慕士塔格最美的雪莲,会长成卡拉库力的白天鹅。但我可不敢肯定她是否喜欢一个骑手——你可能是这草原上最后一个骑手了。

我现在不管她是否喜欢,但我知道,我如果能成为您这样的骑手,我还有希望得到她。马木提江抬起头,用忧伤的语气说。

好的,很好啊,小伙子,我还可以陪你跑几年,等到哪一天你的马跑到了我的前面,你就是这草原上最好的骑手了,那时候,这草原上的姑娘都会知道你马木提江的名字。

太谢谢您了,有了您的指教,我一定会成为一名好骑手的!他听了海拉吉的话,满心欢喜地和他道了别,骑着马又像一阵风似的跑远了。

十一

马木提江早上本想跟卢克一起去看望海拉吉大爷的,这样,他在路上就可以跟卢克讲那件事。那件事像一块冰冷的石头,沉沉地压在他的心头。他觉得自己像生病了一样。萨娜问他怎么啦,他说没有什么,他哄她说,可能是昨天晚上的酒冲到头上去了,人有些昏沉。萨娜让他休息,但他还是赶着羊群出了门。

现在是高原最有生机的时节,但在马木提江眼里,像初冬一样萧条。只有想起他和萨娜的往事,他才会好受一些。爱最终会变成一种回忆,这是没有办法的事情。他记得,他认识萨娜的时候,她才十五岁。他不知道,这个姑娘的心里,已经被卢克占据了。她的毡房后面有一列雪山,像凝固的白云。马木提江为了找到他家那匹走失的黄骠马,已骑着马在塔合曼草原转悠了两天。他知道这匹发情的小公马一定去找它喜欢的小母马去了。它过上一段时间也会回到马群里来,但他爸爸喜欢这匹马,总担心它被人偷走了,所以一定要让他去把它找回来。马木提江走到草原的西边时,那里正在举行一场赛马会。他远远地看见她骑着一匹漂亮的青鬃马,在人群中十分醒目。她的美把她和其他人分开了。

马木提江把自己的马抽了一鞭,朝她飞快地跑过去。他像一阵风似的刮到了她的身边,好像害怕她不是人世里的姑娘,而是天使在人间的一个影子,转瞬可逝。他怕自己如果不快一点,就来不及看清她,就闻不到她身上飘散出来的花儿一样的香气了。

但萨娜没有看马木提江一眼,她不知道他来到了她的身边。她看着骑手从远处跑来,她玫瑰花一样的脸蛋涨得通红。马蹄声那么密集,和电影里打机枪的声音一样密集,一匹马就是一挺机枪。她的脸憋得通红,她大声为自己喜欢的骑手加油。当骑手跑近后,所有的观众都在赛道两边跟着他们跑起来,像两股激流。骑青鬃马的她也在他们中间,她像一只长着五彩羽毛的鸟儿,在飞奔的人群里仍然那么醒目。

马木提江跟在她的后面,把找黄骠马的事早就忘掉了。他一直跟着她跑到了终点。到了那里,他才发现,有那么多小伙子簇拥在她的周围,希望得到她的一个眼波。但她好像没有看见。对于马木提江这个陌生的闯入者,好像没有一个人注意到。当马木提江向他们打听她叫什么名字时,他们立即变得警惕起来,像牧羊狗闻到了狼的气息。没有一个人回答他,他们对他充满了敌意,巧妙地把他从她的身边挤开了。

马木提江就去问一位下巴上长着一挂山羊胡子的精瘦老

人,他告诉他,她叫萨娜,他又指了指骑手中的一位中年汉子,说,那位获胜的骑手就是她的爸爸阿布杜拉。

知道她是在为她的爸爸加油,马木提江长长地舒了一口气。

他看到,她爸爸获胜后,她激动得哭了。她那么爱她的骑手父亲,他真是很少见过这样的女孩。

知道了萨娜的名字,马木提江像得到了最珍贵的宝贝,他在心里一遍遍念叨着。他的心里充满了又甜又苦的味道。

赛马结束后,所有的人都带着欢乐散到了草原里。马木提江看见萨娜和她的爸爸走向雪山下的毡房。就在那一个时刻,他发现自己的心从自己的身子里溜走了,跟在她的马屁股后面,一跳一跳地跑远了。

他看着刚才那些被骏马踏起的烟尘在空中飘散,越来越淡,最后被风带走了,什么也没有留下。这时他才发现,自己的脸上满是泪水。他在心里说,我也要做一个像她父亲阿布杜拉那样的骑手,不,我要做一个像海拉吉那样的、塔合曼草原上最好的骑手!

马木提江找到黄骠马时已是傍晚,他用套马索套住它,赶着它往家走。因为他的心留在萨娜那里了,所以他不想离开这里。他一次次回过头去望那顶白毡房。他知道萨娜并不知道他的心跟着她跑了,所以他觉得自己的心流落在她的毡房外面,疲惫地像兔子那样跳来跳去,凉得像一块冰。

马木提江走得很慢,天空像一顶巨大的毡房,把草原笼罩在里面,毡房顶上布满了大大小小或明或暗的星星。即使是在昨天晚上，他也会盯着美丽的夜空看上半天，猜想每颗星星是用什么做的。但现在，他一眼也不想看了。

他任由马儿驮着自己走。草原已变得无比宽广，好像他永远也走不回自己的家了。

十二

看着太阳就要偏西，卢克要跟海拉吉道别了。但海拉吉不让他走，他说，你是我最年轻的朋友，你一定要在我的毡房里吃了晚饭再说。卢克感觉他像自己的父亲，也就答应吃了晚饭再走。

塔合曼草原只是海拉吉的冬牧场，他的夏牧场在古瓦罕走廊的明铁盖达坂下，每年夏季，他就会在那里撑起一顶白毡房。天冷的时候，才会搬到冬牧场来。他饭量很大，现在一顿还能啃一条羊腿，即使喝一斤白酒也没有醉意，虽然年事已高，但还可以骑着光背骏马在河川和草原上飞奔。每当卢克露出担心的神情，他都会笑着说，鹰翅在雄鹰孵出之前就和天空相配，马蹄在骏马出生之前就与草原在一起，我嘛，在我出生之前就与马背搭配着，你放心吧！我骑在马背上就像在平地上走着。

因为一辈子都在马背上，他的背有些驼，腿也成了那种在牧区常见的马步状。这种样子，使人一看见他，就知道他的胯裆下有一匹好马。他一生喜欢骏马。据说他年轻时曾用三十头母羊的大价钱从阿富汗的一个部落头人那里换来过一匹好马。那马四蹄雪白，全身枣红，他给它取名"帕米尔"。他说那是一匹四蹄能踏出青烟的好马。

天还没有黑,阿曼莎做的清炖羊肉的香味就弥漫在了草原上,让人垂涎。天黑的时候,马木提江也过来了。三个男人开始喝酒,那是很便宜的昆仑特曲,五十多度,那只土陶碗很大,一瓶酒刚好可以倒一碗,那碗酒在他们手里传递着,转不了几圈就见底了。

喝了一阵酒,海拉吉知道卢克是写书的作家,就说,书真是太好了,它是安拉对人类最伟大的赐予,没有什么能比过它。世界应该是这个样子的,安拉在最上面,其次是自由,然后是书,再然后是大地。他喝了一大口酒,接着说,我不识字,卢中尉能不能为我朗诵一点东西啊,我愿意用塔吉克民歌来换。

卢克自然很高兴,他给海拉吉朗诵了意大利天主教会的圣者方济各的《太阳颂》。他声音沙哑,朗诵得不好,但海拉吉听得入了迷,听完后,他竟然记住了第一段,并随口朗诵起来——

> 赞美你,我的主,
> 以及你的所有创造物,
> 尤其是高贵的女主人,
> 太阳妹妹,
> 她每天用光赠送我们白昼。
> 她的美丽,
> 在光辉中容光焕发:
> 你的象征,至高者!

他坚持要我把《太阳颂》抄给他,他说塔吉克人是太阳之子,应该时时听听太阳的颂歌。

三人一瓶接一瓶地喝酒,卢克朗诵了很多首诗歌,海拉吉也唱了很多首民歌,其中有卢克非常爱听的《黑眼珠》《巴娜玛柯》和《古丽塔扎》。他的声音已经苍老,但那苍老的声音十分独特,充满了真情,透露出爱情之歌的恒久魅力。卢克是第一次听一个老者唱这样优美的情歌。他感到唱着情歌的海拉吉那么年轻。他的眼里一直噙着动情的眼泪。

他们三人不知道喝了多少酒,直到月上中天才作罢,然后,卢克和马木提江醉醺醺地爬上马背,任由马儿载着他们往回走。他们在马背上对着沉默的冰山喊叫,对着一尘不染的月亮歌唱。铺着月光的草原是银灰色的,它一直融入远处黑色的山体里;那冷而神圣的雪山像是悬浮在黑色的山体上,像是悬浮在黑夜之上……

十三

马木提江在马背上摇晃着,好像随时都有可能摔下来,他像个诗人似的对着卢克的背影抒起情来,啊,这美酒啊,你看那月亮多美!那天空……像萨娜一样美的月亮和天空!但我对不起你,我一定要把这件事告诉你,你听我说……你不要跑!烈火,你停住,你不要把他驮跑了,你不要把他摔下来了,你以为他还是七年前的他啊,他这些年住在城市里,坐在书桌前,与书为伴,足不出户，文气得就像我们牧场的那个女老师。哈哈，那个女老师没有到城里读书之前，还会骑马的，没想读了三年书回来，一到马背上就吓得大喊大叫。但她会骑摩托，那摩托即使跑得跟疯狗一样快，她也不会害怕。哈哈，你说这人怪不怪？

卢克走到前面去了。他在对着月亮唱歌。他唱的什么一句也听不清楚。他的声音像一匹公狼在嚎叫。马木提江忍不住笑了。他对自己的马说，今晚这草原上不会有狼了。他的马打了一个响鼻，像是不明白他的话。马木提江解释道，即使再凶的狼，听到卢中尉的歌声也会害怕的。但那月亮还在笑眯眯地听他唱呢。月亮之所以能成为所有小伙子的梦中情人，可能就是因为她有母亲一样的爱心。我原来就爱把我不好意思跟萨娜说的话说给她听，那个时候，好像她就是萨娜……哎，萨娜不喜欢我喝酒，但我总是喝多。这没有办法，我可以管住自己的心，但我管不住自己的嘴。她让我来接他的时候，还对我说，你们早点回来，千万不要把酒喝多了。

在马木提江想要去追上卢克的时候，他突然听到身后也有人在歌唱。他的头发一下竖立起来。他的马也吓得小跑起来。那声音那么苍老，那么欢乐，那么深情。他听出那是人的声音，他不怕了，勒住马，想看看还有谁在草原的夜晚歌唱。

美丽的人儿啊，
别再用利剑戳伤我的心田，
我这可怜人为追求你，

像秋天的玫瑰，

早已凋残！

那人反复唱着这几句歌词，好像他只会唱这两句。他的马跑得很快，他的声音越来越近。马木提江忍不住笑了，是海拉吉！他喊海拉吉大爷。他快乐地答应了。真的是他！他很快就到了马木提江的身边。马木提江有些担心他，海拉吉大爷，这么晚了，你还骑马出来干什么啊？

海拉吉兴致很高地对他说，七年前的三个骑手在一起，我高兴啊，好久没有这么高兴了！我想和你们在铺着月光的草原上走一走。阿曼莎知道我高兴，她没有拦我。

两人追上卢克，直到他俩走到他的身边，他才停止唱歌。他看到海拉吉，高兴得不得了！他笑了一阵，突然又哭了。两人不知道他为什么笑，又为什么哭。

偶尔有一点灯火，有一声狗叫，有一阵风。

三个人并驾而行，十二只马蹄敲击着草原，声音很好听。他们想这样一直走下去，他们希望整个世界都是一个草原，可以让他们一辈子这样走下去。

卢克突然在马背上坐直了，他望了一眼湖水一样的天空，又望了一眼远处蓝色的雪山，说，我多想在这样的夜晚赛一场马啊！

海拉吉和马木提江也猛地坐直了身子。他俩虽然听明白了，但不相信自己的耳朵，马木提江大声问道，你说什么？

海拉吉已像个孩子似的手舞足蹈起来,他喊叫道,那我们就赛一场!我活了快八十岁,还没有在晚上赛过马呢!

马木提江也激动起来,好啊,你看,有我们三个骑手,有马,有草原!什么都有,那就赛一场!

三个人的酒都醒了许多。

马木提江叹息了一声,有些遗憾地说,可惜,海拉吉大爷老了,烈火老了,卢中尉有七年没有骑马了。

海拉吉听了他的话,首先叫嚷起来,好啊,马木提江,你竟然嫌我老了,你没有看到,我喝了那么多酒,还稳稳地骑在马背上吗?

卢中尉也叫嚷道,你马木提江也太小看我和我的烈火了。

马木提江连忙解释,说,我只是担心你们,怕你们出什么意外。

他们没有管他的担心。他们已确定了10公里的赛程。

在帕米尔高原,短距离的赛马不甚隆重,10公里的赛马属大型赛马,在塔什库尔干每十年才举办一次,奖品有骆驼、马、牦牛,历史上还奖金马鞍、银马鞍和元宝。后来也有金马鞍、银马鞍,但和过去不一样了,已没有人真正会用纯金和纯银打造马鞍奖给你,但荣誉是一样的。

卢克已跳下马来勒紧了他的马鞍。海拉吉说他高兴得老骨头都发痒了。他说他愿意把他的一副金马鞍拿来做这次赛马的奖品。

海拉吉的话让卢克浑身的血一下沸腾起来,他说,我就得过一副银马鞍,我以为我这一生再也没有机会得到金马鞍了,今晚终于等到了机会。

三匹马成了草原的影子,草原夜晚的灵魂。这猛然响起的马蹄声把草原惊醒了。夜色被他们撕开,卢克恍然看见耀眼的光亮从撕开的裂口处像猛虎一样,猛地扑向他们,把他们吞噬,然后让他们在光明中新生,飞速向前。他看见整个草原被那种奇异的光明所笼罩,所有的一切——草丛、沙棘、毡房、冬窝子、兀立的马、草原四周壁立的雪山、蜿蜒如飘带的河流——都焕发了新的光彩。

十四

萨娜和孩子们一直在等马木提江和卢克回来。没事可做的时候,他翻出了卢克送给她的那些书。她一本一本地翻开它们,总会翻到七年前的某一页。那书有一股好闻的、不朽的香味,那书里的故事也泛着陈香。

她不停地到毡房门口去望他们。每当有人骑马从她毡房旁边经过,她都以为是他们回来了,但她一次次跑出去迎接,总是落空。她叹息道,唉,男人就是活到一百岁也是孩子,总是让女人担心。

当天黑还不见他们的踪影,她知道他们肯定喝酒了。她把三个孩子哄睡了,又耐着性子等了一会儿,他们还没有回来。她站在毡房门口,看着月亮一点一点地攀爬到了天空中央那团白云旁边。她怕他们酒醉后在草原上睡着了。前几年有人喝醉后,在草原上睡着后喂了狼,只留下了几节骨头和一堆血肉模糊的衣服。想到这里,她再也待不住,就决定去找他们,她把被子给孩子盖好,把门锁上,骑上马,向草原深处走去。

萨娜已经很久没有在深夜的草原上骑马走过了,月光像雪花一样落在她身上,可以听见簌簌的声音。那是月光的低语。草原的月夜这么美,像枕着鲜花入睡的萨拉日·胡班那么安静。塔合曼草原已经入睡,那四围的雪山已经入睡,这整个高原都已入睡,好久才听到一声狗叫,那声狗叫也像是从睡梦里发出来的。她深深地呼吸着草原的空气。那空气有一股甜味,有一股牧草的芳香。她有些陶醉。

突然,有几只狗猛地叫起来,然后,所有的狗都叫了起来。这些狗从梦里被惊醒,吠叫声带着几分恼怒。在她的记忆里,平时的狗叫都是稀稀落落的,只有闹狼灾的时候——牧人们在夜里扛着土枪,带着弓箭,打着火把驱赶狼的时候,狗叫声才有这般声势。

谁在打狼呢。她跟她的马儿说。她的马儿开始像睡着了似的,现在已在狗叫声中精神起来。它昂起头,像是要为她看清楚究竟发生了什么事。

这时,她听到了一阵急促的马蹄声,它由远而近,像一场暴雨。草原这面放在夜晚的大鼓被敲响了,它清脆的回响传得很远,那声音给草原增添了一层薄薄的光明。高原颤动起来。很多毡房里的灯亮了起来,草原上像落了很多星星。有一阵子,草原还有些嘈杂,但随着那声音十分有节奏地、激越地响起来,草原屏住了自己的呼吸。她的马也立住不动了。然后,她听到有很多马嘶鸣起来——很多人骑着马朝那声音疾驰而去;然后是摩托车发动的声音——那些年轻人也骑着摩托朝那声音跑去。

那马蹄声萨娜有些熟悉。那是他们!不知道为什么,她的眼泪一下子涌了出来,一种奇特的幸福感顿时笼罩了她。那急风暴雨般的马蹄声让她突然感到有些眩晕。它把她带到了七年前,那种幸福让她无力承受。

她的马早就激动起来,但她死死地勒住了马缰,她想安静地站在这里,像一块石头那样安静地站在这里,听四面八方的声音朝那神圣的马蹄声汇集去,越来越远,越来越宏大……

萨娜伏在马背上,她的泪水落在马鬃里。马儿像是知道她的心事,安静下来,不再想着去凑热闹,它把她带到一个低岗上,停住了。她看不见他们。她只看见无数的火把、手电光、摩托车灯汇成了一条小小的银河,在马蹄声的引领下,向雪山的方向飞泻而去。那时候,人的喊叫声、马的嘶鸣声、狗的吠叫声使夜晚的草原显得格外喧闹。有一会儿,月亮惊讶地躲到了一团白云后面,星星眨着好奇的眼睛。她担心在城里住了七年的卢克是否还能承受骏马的奔跑,她担心烈火这匹老马跑着跑着,会不会突然倒下……

风把她的裙子和马的鬃毛吹向神秘的蓝色雪山的方向。她终于听到了欢呼。

她不知道是谁赢了。无论是谁赢,她都会感到高兴。她舒了一口气,对自己的马儿说,你看这些野马一样的男人……好了,现在他们跑完了,可以老老实实地回家了……

汇聚在一起的灯光伴随着马蹄声和摩托车的引擎声,向四面八方散开去,那条小小的银河也向四面八方流泻开去,草原上又撒满了星星,最后,那些星星隐进了一家家毡房,草原重又安静了。

这塔合曼草原夜晚的赛马,在萨娜的记忆里,从来没有听人说起过,即使现在,它也像一场梦,即使她看到了他们的身影,也不相信这是真实的。

他们从雪山的方向走了过来。月光使神圣的雪山银色的雪冠显得透明,像一块巨大的水晶,雪山黑色的基座深沉得探不到底。过了一会儿,雪山显得远了一些,雪冠成为他们的背景,他们的影子就更加清晰了。夜晚的草原似乎柔软了许多,马儿行走在上面,没有一点声响。他们还沉浸在刚才赛马时飞扬的激情里,都不说话,使他们看上去像是在梦里乘马而行。到了离萨娜不远的地方,海拉吉和他们分手了,他在一个小伙子的护送下,朝自己的毡房走去。他们说了些道别的话,口气像孩子在跟父亲道别。他俩看着老人的背影,目送他走了好远。

然后,萨娜听到卢克说,哎,真是痛快呀,七年没有赛马了。

你还真行啊,你坐在城市的房子里,屁股七年没有沾过马鞍,骑术还是那么好!还有这烈火,还像匹儿马一样。

可我还是没有跑过你啊,你又赢了。

你得承认,烈火老了……你跟我不一样,我这七年间,自己还时常偷偷地打马狂奔一气呢,你不知道,过一段时间,我不跑上一气,浑身就发痒;还有,我的马也好……

也是啊,马木提江啊,我知道了,你是这草原上最后的骑手了!卢克有些伤感。

马木提江叹了一口气,有些难过地接着说,没有办法,你看今天晚上来看我们赛马的年轻人都骑着摩托。今晚的赛马可能是塔合曼草原的最后一次赛马了……他顿了顿,鼓足了勇气才说出来,这次,我本来想让你赢的,七年前那次赛马也是,但我……一跑起来,就把什么都忘了。我的马一跑起来,我的脑子里就什么都没有了……

你作为一个骑手,怎么能有这样的想法呢?卢克有些生气。

这两次都是不一样的,烈火老了,海拉吉也老了,我本来就该让着你们……

卢克没等马木提江把话说完,就激动地抢过他的话说,烈火没有老,海拉吉也没有老!

但我这次真的想让你得到金马鞍,想给你留一个纪念……而七年前,我想让你赢,是因为……是因为我……爱萨娜,我爱她!

萨娜听马木提江说出这样的话,感觉自己的脸一下发烫了。

卢克好像没有听明白马木提江的话。他把烈火靠过去,拍了一下马木提江的肩膀说,我的马木提江弟弟,你的酒还没有醒啊,你怎么说起醉话来了?

我的中尉哥哥,我说的都是真话,那时候,我做梦都想把萨娜娶到我的毡房里去。但你是我的对手,我提出和你赛马,就是因为我知道,我肯定能赢你,因为我那段时间天天都在练习,而你在边防连,你不可能这样做。但就在赛马要开始的时候,我突然产生了想让你赢的想法。但马一跑起来,我把什么都忘了,最后,当我知道我赢了你,你记得吗?我当时哭了……

我当然记得,如果我那个时候赢了你,我也会高兴得哭起来的。

我哭不是因为高兴,而是后悔,我太后悔了!

马木提江弟弟,你今天晚上是怎么啦?你这个样子我还从来没有见过。

我记得,我在赛马开始的时候,突然觉得,萨娜应该嫁给你,你和我一样爱她,你比我有文化……她如果嫁给你,就不会在这草原上受苦了。现在,每当我看到她受苦的样子,就心如刀割。马木提江说完,就打马朝自家毡房的方向跑去了。

卢克愣了半晌,叫了一声马木提江的名字,也打马追了上去。

萨娜听了马木提江的话,惊讶得张大了嘴巴。她看着他们的背影,在月色中越来越模糊,最后融进了草原的夜色里,只留下了一串马蹄声。

萨娜望了一眼天空,看到夜空里的云被风吹散了,月亮像被人用泉水洗过。她的脸上一片冰凉,啊,她多想让他们看见她脸上的泪光。

跋：每个作家其实都是在写自己
——答作家纯懿问

纯　懿：你童年最难忘的事情是什么？想过自己会成为今天大家眼里的著名作家吗？

卢一萍：饥饿。童年的每时每刻似乎想的都是吃。老家的人谈论得最多的是如果死了怎么不做饿死鬼；父母操心的是吃，是如何填饱一家人的肚子。我梦见的要么是自己快饿死了，要么是自己在大吃大喝，要胀死了。当时最大的梦想就是把自己胀死——觉得最美好的事就是自己被胀死，做一个饱鬼。

最麻烦的是每年二三月份青黄不接的时候，那时老家的农村绝大多数人家都会处于饥荒状态。在我的印象中，我们那个地方农村饥荒问题的解决是土地下户之后。

奇怪的是，越是食物稀缺，越是能吃，食量很大。吃饱肚皮不易，吃肉当然更难。所以父母会想一个办法，就是让孩子一次把肉吃伤——就是大吃一顿，以后见了肉就不想吃了。大概是我六岁的时候，我母亲就一次给了我半方腊肉，整块的，至少有一斤半，直接让我吃了，当时吃得很美，吃晕了，但吃完后我反而更馋了，就想着多久能再那样吃一次肉。

童年时没有想过自己能成为一名作家，想的是尽快长大成人，多挣些工分，多分些口粮，填饱肚子。我现在也只是一个喜欢写作的人，还没有成为一名作家。作家是不敢随便用的，是写作有成者的荣誉称号，但现在用得太滥了，"著名"这个形容词更不敢用。

我对自己的人生经历很满意，但我认定它会是失败的，我随时都在准备接受失败的人生。

纯　懿：可以跟我们谈谈你的初恋吗？或者你最难忘的一场恋爱。你眼里的美女应该是什么样子的？

卢一萍：什么是初恋我还真说不清楚。如果说是第一次对异性动心，我记得是九岁的时候，在村里的挂面房遇到的一个比我小一岁的同村女孩。但只是感觉而已，彼此间没有任何交往、表达，这算不算初恋？

从恋情的角度来说，我认为每次恋爱都是初恋；每一场恋爱也都是难忘的。我爱的人就是我眼里最美的人，都是沉鱼落雁、闭月羞花的。

纯　懿:你从什么时候开始写作的？为什么选择写作？你眼里的写作跟物质有关吗？

卢一萍:上初中后,我就开始有意识地编故事了,已不满足写作文,而是开始虚构,并学会了投稿。当时投稿很方便,不用邮费,把信封剪一角扔进邮筒即可。但邮局只有镇上才有,要走二三十里路。

选择写作是因为喜欢。自幼爱好文学对我来说是句真话。人也是奇怪,小时候饭都吃不饱,又没有接受什么熏陶,竟喜欢上了它。这也许就是每个人干什么,冥冥之中自有安排吧。把握这个爱好,就会一路走下来。

写作更多的是个精神活动。它有物质的一面,不是主要的,但与精神活动如影随形。

纯　懿:你为什么当兵？当兵带给你的最大收获是什么？

卢一萍:说句玩笑话,当时当兵和上大学是寻找远方和诗意的两种方式,对一个农家子弟更是如此。考不上大学,就只有当兵。其实是寻找一条出路,不然就只能当农民。当时的情况就是这样。当兵并不容易,不是谁想当兵就能当的。我当时是因为在中学时办了一张报纸,发表了东西,有写作能力,被征兵干部看上了,招我到部队搞新闻报道的。

当兵最大的收获是我有幸到了新疆,有幸在那里生活了这么长时间,使我有机会走遍了新疆的每一个地方。通过当兵,我的确改变了自己的命运。我的友情、爱情、我的写作能和新疆产生那么密切的关系,是我之前没有想到的。

纯　懿:除了写作,你有其他兴趣爱好吗?

卢一萍:我喜欢旅行。很多时候会突然决定出门去。我喜欢一个人乘火车旅行。这也是在新疆养成的毛病。新疆到内地哪里都远,所以坐火车坐出感情了。所以到了内地,觉得天地变小了,坐火车旅行也方便。我在火车上睡眠最好,读书的效率最高。只要带着书,我就能去任何地方。但没有书,我是寸步难行,再好的地方也去不了。

纯　懿:第一篇文章在哪里发表的? 能谈谈写作发表的过程吗?

卢一萍:是在《清流》,我自己办的报纸上。应该是1989年。在1988年,也就是我读高二的时候,和几个高中同学办了四川当时第一份中学生办的铅印报纸,曾和平任社长,我是主编。那是民间报纸。正式发表作品是1992年在《西北军事文学》,是个中篇小说,叫《远望故乡》,发的头条,这在当时很不容易,何况我还是个战士呢。我写完后寄给杂志社的王大亮老师,就发表了。这对我走上文学之路是个很大的激励。

纯　懿:在写作生涯中,谁给你的影响最大? 跟我们谈谈你的创作经验好吗?

卢一萍:对我影响最大的无疑是周涛老师。我是个战士的时候,服役期满,面临复员,周老师把我从一个高炮团借调到军区创作室帮忙,然后考入解放军艺术学院文学系读书。改变了我的人生。最主要的是,他本身的人格给了我很大影响。我的文学教育来自他。我那时常陪他在军区院子里散步,他给我谈了很多写作方面的事。

要说创作经验,我觉得我不是一个有才华的作家,我是个笨拙的写作者。我的写作大致分两个阶段,一是"青春期",包括1995年发表的《黑白》和1999年完成的《我的绝代佳人》,这两个长篇小说都带有很明显的先锋意识,注重文本形式、语言、结构的探索,当时的写作主要靠想象,当时有个很幼稚的想法,认为想象力就是一个作家才华的体现,可以解决一切问题。但在写《我的绝代佳人》时,我对此已很怀疑。因为想象力解决不了我们身处的现实,而准确地反映现实需要的是大量真实的细节。这需要你了解社会,了解你生活的那个地方,了解那里的人。我是个军人,只有尽力走出去才能做到,要做到这一点,就是去写报告文学,用非虚构的素材来构建我虚构的世界。为此,我1998年走了西北近八千公里边防,接着又借采写游记《黄金腹地》的机会,走完了天山以南所有的地方,这两次长旅使我认识了新疆大地;2000年,趁采访八千湘女的机会,我去了新疆生产建设兵团绝大多数团场,创作《八千湘女上天山》这本书使我认识到了我父辈们的时代和他们在那个时代里的生活;之后,我又背包在云南旅行了四个多月,从而获得了大量素材。我小说的细节基本都是在这些非虚构中获得和积累的,这些旅行培养了我的视角、眼界、胸怀和格局。

纯　懿:你喜欢谁的书? 为什么喜欢? 能给青年读者推荐一些好书吗?

卢一萍:我从小喜欢读书,读了一辈子书,读得多了,杂了,真不知道喜欢谁的了。不同的阶段会喜欢不同的书。我在帕米尔高原待过三年多,记忆力被搞坏了,很多书看完就忘,但我还是喜欢读书。我觉得读书就跟吃饭一样,是养命的事。吃饭不用记住那一顿饭都吃了啥。读书也一样,生命需要它的滋养。我认为,旅行和看书是世界上最美好的两件事。

具体的书我就不推荐了,对一个人来说,读对自己有用的书就可以啦,最保险的就是读你喜欢的经典作品。

纯　懿:你为什么不停地在朋友圈刷屏? 说说你对微信朋友圈的理解。

卢一萍:是吗? 我自己一天一般只发一条消息,属于"要闻",应该不算刷屏吧。这件事大多是在起床如厕时完成。一般都和文学有关,有自己,也有我担任副主编的《青年作家》的文章。我觉得朋友圈很好,大家互通消息,即使身在万里之外,感觉也近在咫尺。它改变了传播和人交往的方式,即使在最偏远的地方,人们都在朋友圈里接受信息,它使一种启蒙成为新的可能。

纯　懿：你是在新疆生活了二十年离开的，为什么离开？长篇小说《我的绝代佳人》是你的自传吗？为什么搁置二十年才出版？

卢一萍：我曾经是军人，因工作的需要，就从新疆军区调到了成都军区。就这么简单。

《我的绝代佳人》不是我的自传，但有我对情爱的看法和思考。它是我 1999 年写的一部小说。当时我二十七岁，是在东风路部队大院住所的地下室写完的。是北京的一个出版商向一帮写先锋小说的朋友约的稿，要出版一套叫"中国新寓言"的丛书，其中有我、郭发财、七格、任晓雯、黄孝阳、裴志海、鬼金等，要给千禧年"献礼"，最后这个礼大多没有献出去，我这个作品一搁也就二十年了。这几部小说如果当时能出来，可能会引领一代中国作家的写作方向，让一些人的文字飞升，避免过早地向下坠落。

但其实也没关系，每个作家、每代作家都有自身的命运。无论如何，他们都是一个独立的个体。对我自己来说，我一直认为，作为中国作家，应该写一些发表不了或难以发表的作品，以尽可能多地保持自己的独立性。

纯　懿：你怎么看待《我的绝代佳人》这部小说？

卢一萍：这部长篇小说如果 2000 年顺利出版了，我当时就是二十八岁，我可以炫耀一下，说，你看，我那个时候就写出了这样的小说！我对这部小说很满意，无疑是我前期写作中最好的，可看出我的激情、才华和对人生、对这个世界的一些看法和思考。它的结构和语言与我之后的小说是完全不同的。我喜欢每部小说都写得不一样。

我二十三岁时在军艺文学系读书时发表过一部长篇小说叫《黑白》。《我的绝代佳人》无疑是《黑白》的继续，带着强烈的寓言性——我的小说比较注重这一点。我写作都是蒙着头写，不管能否发表和出版，不顾后果——其实就是尽可能少地自我审查。《黑白》是关于理想脆弱性的寓言；《我的绝代佳人》是关于"施加之爱"的寓言；《白山》是关于谎言的寓言，三者可视为我的"寓言三部曲"。

纯　懿：你以前说过自己四十五岁肯定会出版一部"辽阔之书"，现在《白山》出版了，你的愿望实现了，感到满足吗？

卢一萍：我少年时就想成为作家，四十五岁才出版这个小说，有什么好满足的呢？我本来可以在三十岁之前出版自己满意的作品的，比如前面说的《我的绝代佳人》，但这部作品是在《白山》出版之后才得以出版的，还是一个删节版，把七个梦删成了六个，有一条写"我"千禧夜在拘留所的遭遇的内容也去掉了——它其实只是为了强调我故事发生的时间段。但我对自己并不失望。因为这部作品即使在今天出版，也未失水准。它有力量面对无情的时间的淘洗。但因为它是紧随《白山》出版的，所以还没有引起多少关注——这一点也不重要。这也是一部作品的命运———一部作品和一个人一样,都有各自的命运。但好的作品会像植物一样自己生长,即使弃之荒野,也会长成大树。我相信这一点。

纯　懿:小说《白山》娴熟地使用魔幻现实主义、荒诞、黑色幽默等表现手法,有些作者常常会去模仿使用这些手法,不过显得很生硬,以至于有点矫揉造作,你是怎样把握好这个度的,能不能传授一下经验?

卢一萍:所有的表现手法都是为写作服务的。怎么用它,主要看你反映的是什么样的现实,怎样来反映现实。这和作家的写作观念和良知有关。魔幻现实主义、荒诞、黑色幽默很多时候就是现实的写照。马尔克斯从来不承认自己写的是魔幻现实主义,而是强调自己写的东西全部来自现实。他"相信现实生活的魔幻",我记得他说过:"我们拉丁美洲和加勒比的作家们必须虔诚地承认,现实是比我们更好的作家,我们的天职,也许是我们的光荣,在于设法谦卑地模仿它,尽我们的可能模仿它。"

有不少中国作家模仿魔幻现实主义手法写了大量的小说,但很少有人取得成功。其原因就是他们没有把握中国的现实,其作品只能模仿,也只有他们自己制造的"魔幻",所以他们反映的现实也就成了虚假的现实,"魔幻现实主义"也就成了"虚假的魔幻现实主义"。

纯　懿:很早以前,你好像批判过新疆作家,在此说说你的真实想法。

卢一萍：我批评过吗？如果批评过，那是因为我本身是个新疆作家，我至今还是。我从军队退役后，特意落户哈密，就是不舍得自己"新疆作家"这个身份。包括我在内的新疆作家是有些散漫，有些游牧式的，没有那种农耕式的勤劳。这与我们的生活方式有关。我现在在哈密和成都两地生活，可能是离开了一段时间，常常想起新疆的朋友，也非常关注。新疆的朋友写出了好作品，《青年作家》也尽可能地发表。

每个新疆作家都有各自殊异的品质，几乎没有同质的现象，他们都在用自己的方式感受和书写这个世界，这是内地省份作家少有的。